Herz, mein Herz, was soll das geben?

—

Goethes schönste Gedichte

Aufbau-Verlag

Ausgewählt von
Wolfgang Ritschel und Erika Weber

ISBN 3-351-02080-5

4. Auflage 1999

Gesamtgestaltung Hans-Joachim Schauß
Satz Offizin Andersen Nexö Leipzig GmbH
Druck und Binden Kösel GmbH, Kempten
Printed in Germany

Inhalt

Zueignung

Der Morgen kam; es scheuchten seine Tritte
Den leisen Schlaf, der mich gelind umfing,
Daß ich, erwacht, aus meiner stillen Hütte
Den Berg hinauf mit frischer Seele ging;
Ich freute mich bei einem jeden Schritte
Der neuen Blume, die voll Tropfen hing;
Der junge Tag erhob sich mit Entzücken,
Und alles war erquickt, mich zu erquicken.

Und wie ich stieg, zog von dem Fluß der Wiesen
Ein Nebel sich in Streifen sacht hervor.
Er wich und wechselte, mich zu umfließen,
Und wuchs geflügelt mir ums Haupt empor:
Des schönen Blicks sollt ich nicht mehr genießen,
Die Gegend deckte mir ein trüber Flor;
Bald sah ich mich von Wolken wie umgossen
Und mit mir selbst in Dämmrung eingeschlossen.

Auf einmal schien die Sonne durchzudringen,
Im Nebel ließ sich eine Klarheit sehn.
Hier sank er, leise sich hinabzuschwingen;
Hier teilt' er steigend sich um Wald und Höhn.
Wie hofft ich ihr den ersten Gruß zu bringen!
Sie hofft ich nach der Trübe doppelt schön.
Der luft'ge Kampf war lange nicht vollendet,
Ein Glanz umgab mich, und ich stand geblendet.

Bald machte mich, die Augen aufzuschlagen,
Ein innrer Trieb des Herzens wieder kühn,
Ich konnt es nur mit schnellen Blicken wagen,
Denn alles schien zu brennen und zu glühn.
Da schwebte, mit den Wolken hergetragen,
Ein göttlich Weib vor meinen Augen hin,
Kein schöner Bild sah ich in meinem Leben,
Sie sah mich an und blieb verweilend schweben.

‹Kennst du mich nicht?› sprach sie mit einem Munde,
Dem aller Lieb und Treue Ton entfloß:
‹Erkennst du mich, die ich in manche Wunde
Des Lebens dir den reinsten Balsam goß?
Du kennst mich wohl, an die zu ew'gem Bunde
Dein strebend Herz sich fest und fester schloß.
Sah ich dich nicht mit heißen Herzenstränen
Als Knabe schon nach mir dich eifrig sehnen?›

‹Ja!› rief ich aus, indem ich selig nieder
Zur Erde sank, ‹lang hab ich dich gefühlt;
Du gabst mir Ruh, wenn durch die jungen Glieder
Die Leidenschaft sich rastlos durchgewühlt;
Du hast mir wie mit himmlischem Gefieder
Am heißen Tag die Stirne sanft gekühlt;
Du schenktest mir der Erde beste Gaben,
Und jedes Glück will ich durch dich nur haben!

Dich nenn ich nicht. Zwar hör ich dich von vielen
Gar oft genannt, und jeder heißt dich sein,
Ein jedes Auge glaubt auf dich zu zielen,
Fast jedem Auge wird dein Strahl zur Pein.

—

Ach, da ich irrte, hatt ich viel Gespielen,
Da ich dich kenne, bin ich fast allein;
Ich muß mein Glück nur mit mir selbst genießen,
Dein holdes Licht verdecken und verschließen.›

Sie lächelte, sie sprach: ‹Du siehst, wie klug,
Wie nötig war's, euch wenig zu enthüllen!
Kaum bist du sicher vor dem gröbsten Trug,
Kaum bist du Herr vom ersten Kinderwillen,
So glaubst du dich schon Übermensch genug,
Versäumst, die Pflicht des Mannes zu erfüllen!
Wie viel bist du von andern unterschieden?
Erkenne dich, leb mit der Welt in Frieden!›

‹Verzeih mir›, rief ich aus, ‹ich meint es gut;
Soll ich umsonst die Augen offen haben?
Ein froher Wille lebt in meinem Blut,
Ich kenne ganz den Wert von deinen Gaben!
Für andre wächst in mir das edle Gut,
Ich kann und will das Pfund nicht mehr vergraben!
Warum sucht ich den Weg so sehnsuchtsvoll,
Wenn ich ihn nicht den Brüdern zeigen soll?›

Und wie ich sprach, sah mich das hohe Wesen
Mit einem Blick mitleid'ger Nachsicht an;
Ich konnte mich in ihrem Auge lesen,
Was ich verfehlt und was ich recht getan.
Sie lächelte, da war ich schon genesen,
Zu neuen Freuden stieg mein Geist heran;
Ich konnte nun mit innigem Vertrauen
Mich zu ihr nahn und ihre Nähe schauen.

Da reckte sie die Hand aus in die Streifen
Der leichten Wolken und des Dufts umher;
Wie sie ihn faßte, ließ er sich ergreifen,
Er ließ sich ziehn, es war kein Nebel mehr.
Mein Auge konnt im Tale wieder schweifen,
Gen Himmel blickt ich, er war hell und hehr.
Nur sah ich sie den reinsten Schleier halten,
Er floß um sie und schwoll in tausend Falten.

‹Ich kenne dich, ich kenne deine Schwächen,
Ich weiß, was Gutes in dir lebt und glimmt!›
– So sagte sie, ich hör sie ewig sprechen –
‹Empfange hier, was ich dir lang bestimmt,
Dem Glücklichen kann es an nichts gebrechen,
Der dies Geschenk mit stiller Seele nimmt:
Aus Morgenduft gewebt und Sonnenklarheit,
Der Dichtung Schleier aus der Hand der Wahrheit.

Und wenn es dir und deinen Freunden schwüle
Am Mittag wird, so wirf ihn in die Luft!
Sogleich umsäuselt Abendwindeskühle,
Umhaucht euch Blumenwürzgeruch und Duft.
Es schweigt das Wehen banger Erdgefühle,
Zum Wolkenbette wandelt sich die Gruft,
Besänftiget wird jede Lebenswelle,
Der Tag wird lieblich, und die Nacht wird helle.›

So kommt denn, Freunde, wenn auf euren Wegen
Des Lebens Bürde schwer und schwerer drückt,
Wenn eure Bahn ein frischerneuter Segen
Mit Blumen ziert, mit goldnen Früchten schmückt,

Wir gehn vereint dem nächsten Tag entgegen!
So leben wir, so wandeln wir beglückt.
Und dann auch soll, wenn Enkel um uns trauern,
Zu ihrer Lust noch unsre Liebe dauern.

An meine Lieder

Seid, geliebte kleine Lieder,
Zeugen meiner Fröhlichkeit;
Ach sie kömmt gewiß nicht wieder,
Dieser Tage Frühlingszeit.

Bald entflieht der Freund der Scherze,
Er, dem ich euch sang, mein Freund.
Ach, daß auch vielleicht dies Herze
Bald um meine Liebste weint!

Doch wenn nach der Trennung Leiden
Einst auf euch ihr Auge blickt,
Dann erinnert sie der Freuden,
Die uns sonst vereint erquickt.

Die schöne Nacht

Nun verlaß ich diese Hütte,
Meiner Liebsten Aufenthalt,
Wandle mit verhülltem Schritte
Durch den öden, finstern Wald:
Luna bricht durch Busch und Eichen,
Zephyr meldet ihren Lauf,
Und die Birken streun mit Neigen
Ihr den süß'ten Weihrauch auf.

Wie ergetz ich mich im Kühlen
Dieser schönen Sommernacht!
O wie still ist hier zu fühlen,
Was die Seele glücklich macht!
Läßt sich kaum die Wonne fassen;
Und doch wollt ich, Himmel, dir
Tausend solcher Nächte lassen,
Gäb mein Mädchen eine *mir.*

Unbeständigkeit

Im spielenden Bache da lieg ich, wie helle!
Verbreite die Arme der kommenden Welle,
Und buhlerisch drückt sie die sehnende Brust.
Dann trägt sie ihr Leichtsinn im Strome darnieder;
Schon naht sich die zweite und streichelt mich wieder,
Da fühl ich die Freuden der wechselnden Lust.

O Jüngling, sei weise, verwein nicht vergebens
Die fröhlichsten Stunden des traurigen Lebens,
Wenn flatterhaft je dich ein Mädchen vergißt.
Geh, ruf sie zurücke, die vorigen Zeiten!
Es küßt sich so süße der Busen der zweiten,
Als kaum sich der Busen der ersten geküßt.

An Luna

Schwester von dem ersten Licht,
Bild der Zärtlichkeit in Trauer!
Nebel schwimmt mit Silberschauer
Um dein reizendes Gesicht;
Deines leisen Fußes Lauf
Weckt aus tagverschloßnen Höhlen
Traurig abgeschiedne Seelen,
Mich und nächt'ge Vögel auf.

Forschend übersieht dein Blick
Eine großgemeßne Weite.
Hebe mich an deine Seite!
Gib der Schwärmerei dies Glück;
Und in wollustvoller Ruh
Säh der weitverschlagne Ritter
Durch das gläserne Gegitter
Seines Mädchens Nächten zu.

Des Beschauens holdes Glück
Mildert solcher Ferne Qualen,
Und ich sammle deine Strahlen,
Und ich schärfe meinen Blick;
Hell und heller wird es schon
Um die unverhüllten Glieder,
Und nun zieht sie mich hernieder,
Wie dich einst Endymion.

Willkommen und Abschied

Es schlug mein Herz, geschwind zu Pferde!
Es war getan fast eh gedacht;
Der Abend wiegte schon die Erde,
Und an den Bergen hing die Nacht:
Schon stand im Nebelkleid die Eiche,
Ein aufgetürmter Riese, da,
Wo Finsternis aus dem Gesträuche
Mit hundert schwarzen Augen sah.

Der Mond von einem Wolkenhügel
Sah kläglich aus dem Duft hervor,
Die Winde schwangen leise Flügel,
Umsausten schauerlich mein Ohr;
Die Nacht schuf tausend Ungeheuer;
Doch frisch und fröhlich war mein Mut:
In meinen Adern welches Feuer!
In meinem Herzen welche Glut!

Dich sah ich, und die milde Freude
Floß von dem süßen Blick auf mich;
Ganz war mein Herz an deiner Seite
Und jeder Atemzug für dich.
Ein rosenfarbnes Frühlingswetter
Umgab das liebliche Gesicht,
Und Zärtlichkeit für mich – ihr Götter!
Ich hofft es, ich verdient es nicht!

Doch ach, schon mit der Morgensonne
Verengt der Abschied mir das Herz:

In deinen Küssen welche Wonne!
In deinem Auge welcher Schmerz!
Ich ging, du standst und sahst zur Erden,
Und sahst mir nach mit nassem Blick:
Und doch, welch Glück, geliebt zu werden!
Und lieben, Götter, welch ein Glück!

Mailied

Wie herrlich leuchtet
Mir die Natur!
Wie glänzt die Sonne!
Wie lacht die Flur!

Es dringen Blüten
Aus jedem Zweig
Und tausend Stimmen
Aus dem Gesträuch.

Und Freud und Wonne
Aus jeder Brust.
O Erd, o Sonne!
O Glück, o Lust!

O Lieb, o Liebe!
So golden schön,
Wie Morgenwolken
Auf jenen Höhn!

Du segnest herrlich
Das frische Feld,
Im Blütendampfe
Die volle Welt.

O Mädchen, Mädchen,
Wie lieb ich dich!
Wie blickt dein Auge!
Wie liebst du mich!

So liebt die Lerche
Gesang und Luft,
Und Morgenblumen
Den Himmelsduft,

Wie ich dich liebe
Mit warmem Blut,
Die du mir Jugend
Und Freud und Mut

Zu neuen Liedern
Und Tänzen gibst.
Sei ewig glücklich,
Wie du mich liebst!

Heidenröslein

—

Sah ein Knab ein Röslein stehn,
Röslein auf der Heiden,
War so jung und morgenschön,
Lief er schnell, es nah zu sehn,
Sah's mit vielen Freuden.
Röslein, Röslein, Röslein rot,
Röslein auf der Heiden.

Knabe sprach: ‹Ich breche dich,
Röslein auf der Heiden!›
Röslein sprach: ‹Ich steche dich,
Daß du ewig denkst an mich,
Und ich will's nicht leiden.›
Röslein, Röslein, Röslein rot,
Röslein auf der Heiden.

Und der wilde Knabe brach
's Röslein auf der Heiden;
Röslein wehrte sich und stach,
Half ihm doch kein Weh und Ach,
Mußt es eben leiden.
Röslein, Röslein, Röslein rot,
Röslein auf der Heiden.

Der Autor

Was wär ich
Ohne dich,
Freund Publikum!
All mein Empfinden Selbstgespräch,
All meine Freude stumm.

Das Veilchen

Ein Veilchen auf der Wiese stand
Gebückt in sich und unbekannt;
Es war ein herzigs Veilchen.
Da kam eine junge Schäferin,
Mit leichtem Schritt und munterm Sinn,
Daher, daher,
Die Wiese her, und sang.

Ach! denkt das Veilchen, wär ich nur
Die schönste Blume der Natur,
Ach, nur ein kleines Weilchen,
Bis mich das Liebchen abgepflückt
Und an dem Busen matt gedrückt!
Ach nur, ach nur
Ein Viertelstündchen lang!

Ach! aber ach! das Mädchen kam
Und nicht in acht das Veilchen nahm,
Ertrat das arme Veilchen.
Es sank und starb und freut' sich noch:
Und sterb ich denn, so sterb ich doch
Durch sie, durch sie,
Zu ihren Füßen doch.

Rezensent

Da hatt ich einen Kerl zu Gast,
Er war mir eben nicht zur Last;
Ich hatt just mein gewöhnlich Essen,
Hat sich der Kerl pumpsatt gefressen,
Zum Nachtisch, was ich gespeichert hatt.
Und kaum ist mir der Kerl so satt,
Tut ihn der Teufel zum Nachbar führen,
Über mein Essen zu räsonieren:
‹Die Supp hätt können gewürzter sein,
Der Braten brauner, firner der Wein.›
Der Tausendsakerment!
Schlagt ihn tot, den Hund! Es ist ein Rezensent.

Der König in Thule

Es war ein König in Thule
Gar treu bis an das Grab,
Dem sterbend seine Buhle
Einen goldnen Becher gab.

Es ging ihm nichts darüber,
Er leert' ihn jeden Schmaus;
Die Augen gingen ihm über,
Sooft er trank daraus.

Und als er kam zu sterben,
Zählt' er seine Städt im Reich,
Gönnt' alles seinem Erben,
Den Becher nicht zugleich.

Er saß beim Königsmahle,
Die Ritter um ihn her,
Auf hohem Vätersaale,
Dort auf dem Schloß am Meer.

Dort stand der alte Zecher,
Trank letzte Lebensglut,
Und warf den heil'gen Becher
Hinunter in die Flut.

Er sah ihn stürzen, trinken
Und sinken tief ins Meer.
Die Augen täten ihm sinken;
Trank nie einen Tropfen mehr.

Prometheus

—

Bedecke deinen Himmel, Zeus,
Mit Wolkendunst,
Und übe, dem Knaben gleich,
Der Disteln köpft,
An Eichen dich und Bergeshöhn;
Mußt mir meine Erde
Doch lassen stehn
Und meine Hütte, die du nicht gebaut,
Und meinen Herd,
Um dessen Glut
Du mich beneidest.

Ich kenne nichts Ärmeres
Unter der Sonn als euch, Götter!
Ihr nähret kümmerlich
Von Opfersteuern
Und Gebetshauch
Eure Majestät
Und darbtet, wären
Nicht Kinder und Bettler
Hoffnungsvolle Toren.

Da ich ein Kind war,
Nicht wußte, wo aus noch ein,
Kehrt ich mein verirrtes Auge
Zur Sonne, als wenn drüber wär
Ein Ohr, zu hören meine Klage,
Ein Herz wie meins,
Sich des Bedrängten zu erbarmen.

—

Wer half mir
Wider der Titanen Übermut?
Wer rettete vom Tode micht,
Von Sklaverei?
Hast du nicht alles selbst vollendet,
Heilig glühend Herz?
Und glühtest jung und gut,
Betrogen, Rettungsdank
Dem Schlafenden da droben?

Ich dich ehren? Wofür?
Hast du die Schmerzen gelindert
Je des Beladenen?
Hast du die Tränen gestillet
Je des Geängsteten?
Hat nicht mich zum Manne geschmiedet
Die allmächtige Zeit
Und das ewige Schicksal,
Meine Herrn und deine?

Wähntest du etwa,
Ich sollte das Leben hassen,
In Wüsten fliehen,
Weil nicht alle
Blütenträume reiften?

Hier sitz ich, forme Menschen
Nach meinem Bilde,
Ein Geschlecht, das mir gleich sei,
Zu leiden, zu weinen,
Zu genießen und zu freuen sich,
Und dein nicht zu achten,
Wie ich!

—

Neue Liebe, neues Leben

Herz, mein Herz, was soll das geben?
Was bedränget dich so sehr?
Welch ein fremdes, neues Leben!
Ich erkenne dich nicht mehr.
Weg ist alles, was du liebtest,
Weg, warum du dich betrübtest,
Weg dein Fleiß und deine Ruh –
Ach, wie kamst du nur dazu!

Fesselt dich die Jugendblüte,
Diese liebliche Gestalt,
Dieser Blick voll Treu und Güte
Mit unendlicher Gewalt?
Will ich rasch mich ihr entziehen,
Mich ermannen, ihr entfliehen,
Führet mich im Augenblick,
Ach, mein Weg zu ihr zurück.

Und an diesem Zauberfädchen,
Das sich nicht zerreißen läßt,
Hält das liebe lose Mädchen
Mich so wider Willen fest;
Muß in ihrem Zauberkreise
Leben nun auf ihre Weise.
Die Verändrung, ach, wie groß!
Liebe! Liebe! laß mich los!

Auf dem See

Und frische Nahrung, neues Blut
Saug ich aus freier Welt;
Wie ist Natur so hold und gut,
Die mich am Busen hält!
Die Welle wieget unsern Kahn
Im Rudertakt hinauf,
Und Berge, wolkig himmelan,
Begegnen unserm Lauf.

Aug, mein Aug, was sinkst du nieder?
Goldne Träume, kommt ihr wieder?
Weg, du Traum! so gold du bist;
Hier auch Lieb und Leben ist.

Auf der Welle blinken
Tausend schwebende Sterne,
Weiche Nebel trinken
Rings die türmende Ferne;
Morgenwind umflügelt
Die beschattete Bucht,
Und im See bespiegelt
Sich die reifende Frucht.

Herbstgefühl

Fetter grüne, du Laub,
Am Rebengeländer
Hier mein Fenster herauf!
Gedrängter quellet,
Zwillingsbeeren, und reifet
Schneller und glänzend voller!
Euch brütet der Mutter Sonne
Scheideblick; euch umsäuselt
Des holden Himmels
Fruchtende Fülle;
Euch kühlet des Mondes
Freundlicher Zauberhauch,
Und euch betauen, ach!
Aus diesen Augen
Der ewig belebenden Liebe
Vollschwellende Tränen.

Menschengefühl

Ach, ihr Götter! große Götter
In dem weiten Himmel droben!
Gäbet ihr uns auf der Erde
Festen Sinn und guten Mut,
O wir ließen euch, ihr Guten,
Euren weiten Himmel droben!

Mut

Sorglos über die Fläche weg,
Wo vom kühnsten Wager die Bahn
Dir nicht vorgegraben du siehst,
Mache dir selber Bahn!

Stille, Liebchen, mein Herz!
Kracht's gleich, bricht's doch nicht!
Bricht's gleich, bricht's nicht mir dir!

Vor Gericht

Von wem ich es habe, das sag ich euch nicht,
Das Kind in meinem Leib.
‹Pfui!› speit ihr aus: ‹die Hure da!›
Bin doch ein ehrlich Weib.

Mit wem ich mich traute, das sag ich euch nicht.
Mein Schatz ist lieb und gut,
Trägt er eine goldene Kett am Hals,
Trägt er einen strohernen Hut.

Soll Spott und Hohn getragen sein,
Trag ich allein den Hohn.
Ich kenn ihn wohl, er kennt mich wohl,
Und Gott weiß auch davon.

Herr Pfarrer und Herr Amtmann ihr,
Ich bitte, laßt mich in Ruh!
Es ist mein Kind, es bleibt mein Kind,
Ihr gebt mir ja nichts dazu.

Wandrers Nachtlied

Der du von dem Himmel bist,
Alles Leid und Schmerzen stillest,
Den, der doppelt elend ist,
Doppelt mit Erquickung füllest,
Ach, ich bin des Treibens müde!
Was soll all der Schmerz und Lust?
Süßer Friede,
Komm, ach komm in meine Brust!

An Charlotte von Stein

Warum gabst du uns die tiefen Blicke,
Unsre Zukunft ahndungsvoll zu schaun,
Unsrer Liebe, unserm Erdenglücke
Wähnend selig nimmer hinzutraun?
Warum gabst uns, Schicksal, die Gefühle,
Uns einander in das Herz zu sehn,
Um durch all die seltenen Gewühle
Unser wahr Verhältnis auszuspähn?

Ach, so viele tausend Menschen kennen,
Dumpf sich treibend, kaum ihr eigen Herz,
Schweben zwecklos hin und her und rennen
Hoffnungslos in unversehnem Schmerz;
Jauchzen wieder, wenn der schnellen Freuden
Unerwart'te Morgenröte tagt.
Nur uns armen liebevollen beiden
Ist das wechselseit'ge Glück versagt,
Uns zu lieben, ohn uns zu verstehen,
In dem andern sehn, was er nie war,
Immer frisch auf Traumglück auszugehen
Und zu schwanken auch in Traumgefahr.

Glücklich, den ein leerer Traum beschäftigt!
Glücklich, dem die Ahndung eitel wär!
Jede Gegenwart und jeder Blick bekräftigt
Traum und Ahndung leider uns noch mehr.
Sag, was will das Schicksal uns bereiten?
Sag, wie band es uns so rein genau?

—

Ach, du warst in abgelebten Zeiten
Meine Schwester oder meine Frau.

Kanntest jeden Zug in meinem Wesen,
Spähtest, wie die reinste Nerve klingt,
Konntest mich mit einem Blicke lesen,
Den so schwer ein sterblich Aug durchdringt;
Tropftest Mäßigung dem heißen Blute,
Richtetest den wilden irren Lauf,
Und in deinen Engelsarmen ruhte
Die zerstörte Brust sich wieder auf;
Hieltest zauberleicht ihn angebunden
Und vergaukeltest ihm manchen Tag.
Welche Seligkeit glich jenen Wonnestunden,
Da er dankbar dir zu Füßen lag,
Fühlt' sein Herz an deinem Herzen schwellen,
Fühlte sich in deinem Auge gut,
Alle seine Sinnen sich erhellen
Und beruhigen sein brausend Blut!

Und von allem dem schwebt ein Erinnern
Nur noch um das ungewisse Herz,
Fühlt die alte Wahrheit ewig gleich im Innern,
Und der neue Zustand wird ihm Schmerz.
Und wir scheinen uns nur halb beseelet,
Dämmernd ist um uns der hellste Tag.
Glücklich, daß das Schicksal, das uns quälet,
Uns doch nicht verändern mag!

Rastlose Liebe

Dem Schnee, dem Regen,
Dem Wind entgegen,
Im Dampf der Klüfte,
Durch Nebeldüfte,
Immer zu! Immer zu!
Ohne Rast und Ruh!

Lieber durch Leiden
Möcht ich mich schlagen,
Als so viel Freuden
Des Lebens ertragen.
Alle das Neigen
Von Herzen zu Herzen,
Ach, wie so eigen
Schaffet das Schmerzen!

Wie soll ich fliehen?
Wälderwärts ziehen?
Alles vergebens!
Krone des Lebens,
Glück ohne Ruh,
Liebe, bist du!

Hoffnung

Schaff, das Tagwerk meiner Hände,
Hohes Glück, daß ich's vollende!
Laß, o laß mich nicht ermatten!
Nein, es sind nicht leere Träume:
Jetzt nur Stangen, diese Bäume
Geben einst noch Frucht und Schatten.

Sorge

*Kehre nicht in diesem Kreise
Neu und immer neu zurück!
Laß, o laß mir meine Weise,
Gönn, o gönne mir mein Glück!
Soll ich fliehen? Soll ich's fassen?
Nun, gezweifelt ist genug.
Willst du mich nicht glücklich lassen,
Sorge, nun so mach mich klug!*

Feiger Gedanken
Bängliches Schwanken,
Weibisches Zagen,
Ängstliches Klagen
Wendet kein Elend
Macht dich nicht frei.

Allen Gewalten
Zum Trutz sich erhalten;
Nimmer sich beugen,
Kräftig sich zeigen,
Rufet die Arme
Der Götter herbei.

Erinnerung

—

Willst du immer weiter schweifen?
Sieh, das Gute liegt so nah.
Lerne nur das Glück ergreifen,
Denn das Glück ist immer da.

Beherzigung

Ach, was soll der Mensch verlangen?
Ist es besser, ruhig bleiben?
Klammernd fest sich anzuhangen?
Ist es besser, sich zu treiben?
Soll er sich ein Häuschen bauen?
Soll er unter Zelten leben?
Soll er auf die Felsen trauen?
Selbst die festen Felsen beben.

Eines schickt sich nicht für alle!
Sehe jeder, wie er's treibe,
Sehe jeder, wo er bleibe,
Und wer steht, daß er nicht falle!

Alles gaben Götter, die unendlichen,
Ihren Lieblingen ganz,
Alle Freuden, die unendlichen,
Alle Schmerzen, die unendlichen, ganz.

An den Mond

—

Füllest wieder Busch und Tal
Still mit Nebelglanz,
Lösest endlich auch einmal
Meine Seele ganz;

Breitest über mein Gefild
Lindernd deinen Blick,
Wie des Freundes Auge mild
Über mein Geschick.

Jeden Nachklang fühlt mein Herz
Froh' und trüber Zeit,
Wandle zwischen Freud und Schmerz
In der Einsamkeit.

Fließe, fließe, lieber Fluß!
Nimmer werd ich froh,
So verrauschte Scherz und Kuß,
Und die Treue so.

Ich besaß es doch einmal,
Was so köstlich ist!
Da man doch zu seiner Qual
Nimmer es vergißt!

Rausche, Fluß, das Tal entlang,
Ohne Rast und Ruh,
Rausche, flüstre meinem Sang
Melodien zu,

—

Wenn du in der Winternacht
Wütend überschwillst
Oder um die Frühlingspracht
Junger Knospen quillst.

Selig, wer sich vor der Welt
Ohne Haß verschließt,
Einen Freund am Busen hält
Und mit dem genießt,

Was, von Menschen nicht gewußt
Oder nicht bedacht,
Durch das Labyrinth der Brust
Wandelt in der Nacht.

Der Fischer

Das Wasser rauscht', das Wasser schwoll,
Ein Fischer saß daran,
Sah nach dem Angel ruhevoll,
Kühl bis ans Herz hinan.
Und wie er sitzt und wie er lauscht,
Teilt sich die Flut empor;
Aus dem bewegten Wasser rauscht
Ein feuchtes Weib hervor.

Sie sang zu ihm, sie sprach zu ihm:
‹Was lockst du meine Brut
Mit Menschenwitz und Menschenlist
Hinauf in Todesglut?
Ach wüßtest du, wie's Fischlein ist
So wohlig auf dem Grund,
Du stiegst herunter, wie du bist,
Und würdest erst gesund.

Labt sich die liebe Sonne nicht,
Der Mond sich nicht im Meer?
Kehrt wellenatmend ihr Gesicht
Nicht doppelt schöner her?
Lockt dich der tiefe Himmel nicht,
Das feuchtverklärte Blau?
Lockt dich dein eigen Angesicht
Nicht her in ew'gen Tau?›

Das Wasser rauscht', das Wasser schwoll,
Netzt' ihm den nackten Fuß;
Sein Herz wuchs ihm so sehnsuchtsvoll,
Wie bei der Liebsten Gruß.
Sie sprach zu ihm, sie sang zu ihm;
Da war's um ihn geschehn:
Halb zog sie ihn, halb sank er hin,
Und ward nicht mehr gesehn.

Gesang der Geister
über den Wassern

—

Des Menschen Seele
Gleicht dem Wasser:
Vom Himmel kommt es,
Zum Himmel steigt es,
Und wieder nieder
Zur Erde muß es,
Ewig wechselnd.

Strömt von der hohen,
Steilen Felswand
Der reine Strahl,
Dann stäubt er lieblich
In Wolkenwellen
Zum glatten Fels,
Und leicht empfangen,
Wallt er verschleiernd,
Leisrauschend
Zur Tiefe nieder.

Ragen Klippen
Dem Sturz entgegen,
Schäumt er unmutig
Stufenweise
Zum Abgrund.

—

Im flachen Bette
Schleicht er das Wiesental hin,
Und in dem glatten See
Weiden ihr Antlitz
Alle Gestirne.

Wind ist der Welle
Lieblicher Buhler;
Wind mischt vom Grund aus
Schäumende Wogen.

Seele des Menschen,
Wie gleichst du dem Wasser!
Schicksal des Menschen,
Wie gleichst du dem Wind!

Endlich, endlich darf ich hoffen,
Ja, mir steht der Himmel offen!
Auf einmal
Streift ins tiefe Nebeltal
Ein erwünschter Sonnenstrahl.
Teilt euch, Wolken, immer weiter!
Himmel, werde völlig heiter,
Ende, Liebe, meine Qual!

Wandrers Nachtlied

Über allen Gipfeln
Ist Ruh,
In allen Wipfeln
Spürest du
Kaum einen Hauch;
Die Vögelein schweigen im Walde.
Warte nur, balde
Ruhest du auch.

Grenzen der Menschheit

*Wenn der uralte
Heilige Vater
Mit gelassener Hand
aus rollenden Wolken
Segnende Blitze
Über die Erde sät,
Küß ich den letzten
Saum seines Kleides,
Kindliche Schauer
Treu in der Brust.*

*Denn mit Göttern
Soll sich nicht messen
Irgendein Mensch.
Hebt er sich aufwärts
Und berührt
Mit dem Scheitel die Sterne,
Nirgends haften dann
Die unsichern Sohlen,
Und mit ihm spielen
Wolken und Winde.*

*Steht er mit festen,
Markigen Knochen
Auf der wohlgegründeten,
Dauernden Erde,
Reicht er nicht auf,*

Nur mit der Eiche
Oder der Rebe
Sich zu vergleichen.

Was unterscheidet
Götter von Menschen?
Daß viele Wellen
Vor jenen wandeln,
Ein ewiger Strom:
Uns hebt die Welle,
Verschlingt die Welle,
Und wir versinken.

Ein kleiner Ring
Begrenzt unser Leben,
Und viele Geschlechter
Reihen sich dauernd
An ihres Daseins
Unendliche Kette.

Das Göttliche

Edel sei der Mensch,
Hülfreich und gut!
Denn das allein
Unterscheidet ihn
Von allen Wesen,
Die wir kennen.

Heil den unbekannten
Höhern Wesen,
Die wir ahnen!
Ihnen gleiche der Mensch;
Sein Beispiel lehr uns
Jene glauben.

Denn unfühlend
Ist die Natur:
Es leuchtet die Sonne
Über Bös' und Gute,
Und dem Verbrecher
Glänzen wie dem Besten
Der Mond und die Sterne.

Wind und Ströme,
Donner und Hagel
Rauschen ihren Weg
Und ergreifen,
Vorübereilend,
Einen um den andern.

Auch so das Glück
Tappt unter die Menge,
Faßt bald des Knaben
Lockige Unschuld,
Bald auch den kahlen,
Schuldigen Scheitel.

Nach ewigen, ehrnen,
Großen Gesetzen
Müssen wir alle
Unseres Daseins
Kreise vollenden.

Nur allein der Mensch
Vermag das Unmögliche:
Er unterscheidet,
Wählet und richtet;
Er kann dem Augenblick
Dauer verleihen.

Er allein darf
Den Guten lohnen,
Den Bösen strafen,
Heilen und retten,
Alles Irrende, Schweifende
Nützlich verbinden.

Und wir verehren
Die Unsterblichen,
Als wären sie Menschen,
Täten im Großen,

Was der Beste im Kleinen
Tut oder möchte.

Der edle Mensch
Sei hülfreich und gut!
Unermüdet schaff er
Das Nützliche, Rechte,
Sei uns ein Vorbild
Jener geahneten Wesen!

Einsamkeit

Die ihr Felsen und Bäume bewohnt, o heilsame Nymphen,
Gebet jeglichem gern, was er im stillen begehrt!
Schaffet dem Traurigen Trost, dem Zweifelhaften Belehrung,
Und dem Liebenden gönnt, daß ihm begegne sein Glück.
Denn euch gaben die Götter, was sie den Menschen versagten:
Jeglichem, der euch vertraut, tröstlich und hülfreich zu sein.

Erwählter Fels

Hier im stillen gedachte der Liebende seiner Geliebten;
Heiter sprach er zu mir: ‹Werde mir Zeuge, du Stein!
Doch erhebe dich nicht, du hast noch viele Gesellen;
Jedem Felsen der Flur, die mich, den Glücklichen, nährt,
Jedem Baume des Walds, um den ich wandernd mich schlinge:
«Denkmal bleibe des Glücks!» ruf ich ihm weihend und froh.
Doch die Stimme verleih ich nur dir, wie unter der Menge
Einen die Muse sich wählt, freundlich die Lippen ihm küßt.›

Philomele

Dich hat Amor gewiß, o Sängerin, fütternd erzogen;
Kindisch reichte der Gott dir mit dem Pfeile die Kost.
So, durchdrungen von Gift die harmlos atmende Kehle,
Trifft mit der Liebe Gewalt nun Philomele
das Herz.

Geweihter Platz

Wenn zu den Reihen der Nymphen, versammelt in heiliger Mondnacht,
Sich die Grazien heimlich herab vom Olympus gesellen:
Hier belauscht sie der Dichter und hört die schönen Gesänge,
Sieht verschwiegener Tänze geheimnisvolle Bewegung.
Was der Himmel nur Herrliches hat, was glücklich die Erde
Reizendes immer gebar, das erscheint dem wachenden Träumer.
Alles erzählt er den Musen, und daß die Götter nicht zürnen,
Lehren die Musen ihn gleich bescheiden Geheimnisse sprechen.

Erlkönig

Wer reitet so spät durch Nacht und Wind?
Es ist der Vater mit seinem Kind;
Er hat den Knaben wohl in dem Arm,
Er faßt ihn sicher, er hält ihn warm.

‹Mein Sohn, was birgst du so bang dein Gesicht?›
‹Siehst, Vater, du den Erlkönig nicht?
Den Erlenkönig mit Kron und Schweif?›
‹Mein Sohn, es ist ein Nebelstreif.›

‹Du liebes Kind, komm, geh mit mir!
Gar schöne Spiele spiel ich mit dir;
Manch bunte Blumen sind an dem Strand;
Meine Mutter hat manch gülden Gewand.›

‹Mein Vater, mein Vater, und hörest du nicht,
Was Erlenkönig mir leise verspricht?›
‹Sei ruhig, bleibe ruhig, mein Kind;
In dürren Blättern säuselt der Wind.›

‹Willst, feiner Knabe, du mit mir gehn?
Meine Töchter sollen dich warten schön;
Meine Töchter führen den nächtlichen Reihn
Und wiegen und tanzen und singen dich ein.›

‹Mein Vater, mein Vater, und siehst du nicht dort
Erlkönigs Töchter am düstern Ort?›
‹Mein Sohn, mein Sohn, ich seh es genau:
Es scheinen die alten Weiden so grau.›

‹Ich liebe dich, mich reizt deine schöne Gestalt;
Und bist du nicht willig, so brauch ich Gewalt.›
‹Mein Vater, mein Vater, jetzt faßt er mich an!
Erlkönig hat mir ein Leids getan!›

Dem Vater grauset's, er reitet geschwind,
Er hält in Armen das ächzende Kind,
Erreicht den Hof mit Mühe und Not;
In seinen Armen das Kind war tot.

Mignon

Heiß mich nicht reden, heiß mich schweigen,
Denn mein Geheimnis ist mir Pflicht;
Ich möchte dir mein ganzes Innre zeigen,
Allein das Schicksal will es nicht.

Zur rechten Zeit vertreibt der Sonne Lauf
Die finstre Nacht, und sie muß sich erhellen;
Der harte Fels schließt seinen Busen auf,
Mißgönnt der Erde nicht die tiefverborgnen Quellen.

Ein jeder sucht im Arm des Freundes Ruh,
Dort kann die Brust in Klagen sich ergießen;
Allein ein Schwur drückt mir die Lippen zu,
Und nur ein Gott vermag sie aufzuschließen.

Dieselbe

Nur wer die Sehnsucht kennt,
Weiß, was ich leide!
Allein und abgetrennt
Von aller Freude,
Seh ich ans Firmament
Nach jener Seite.
Ach! der mich liebt und kennt,
Ist in der Weite.
Es schwindelt mir, es brennt
Mein Eingeweide.
Nur wer die Sehnsucht kennt,
Weiß, was ich leide!

Dieselbe

So laßt mich scheinen, bis ich werde;
Zieht mir das weiße Kleid nicht aus!
Ich eile von der schönen Erde
Hinab in jenes feste Haus.

Dort ruh ich eine kleine Stille,
Dann öffnet sich der frische Blick,
Ich lasse dann die reine Hülle,
Den Gürtel und den Kranz zurück.

Und jene himmlischen Gestalten,
Sie fragen nicht nach Mann und Weib,
Und keine Kleider, keine Falten
Umgeben den verklärten Leib.

Zwar lebt ich ohne Sorg und Mühe,
Doch fühlt ich tiefen Schmerz genung.
Vor Kummer altert ich zu frühe;
Macht mich auf ewig wieder jung!

Dieselbe

Kennst du das Land, wo die Zitronen blühn,
Im dunkeln Laub die Goldorangen glühn,
Ein sanfter Wind vom blauen Himmel weht,
Die Myrte still und hoch der Lorbeer steht,
Kennst du es wohl?
Dahin! Dahin
Möcht ich mir dir, o mein Geliebter, ziehn.

Kennst du das Haus? Auf Säulen ruht sein Dach,
Es glänzt der Saal, es schimmert das Gemach,
Und Marmorbilder stehn und sehn mich an:
Was hat man dir, du armes Kind, getan?
Kennst du es wohl?
Dahin! Dahin
Möcht ich mir dir, o mein Beschützer, ziehn.

Kennst du den Berg und seinen Wolkensteg?
Das Maultier sucht im Nebel seinen Weg;
In Höhlen wohnt der Drachen alte Brut;
Es stürzt der Fels und über ihn die Flut,
Kennst du ihn wohl?
Dahin! Dahin
Geht unser Weg! o Vater, laß uns ziehn.

Harfenspieler

Wer sich der Einsamkeit ergibt,
Ach, der ist bald allein;
Ein jeder lebt, ein jeder liebt
Und läßt ihn seiner Pein.
Ja! laßt mich meiner Qual!
Und kann ich nur einmal
Recht einsam sein,
Dann bin ich nicht allein.

Es schleicht ein Liebender lauschend sacht,
Ob seine Freundin allein?
So überschleicht bei Tag und Nacht
Mich Einsamen die Pein,
Mich Einsamen die Qual.
Ach, werd ich erst einmal
Einsam im Grabe sein,
Da läßt sie mich allein!

Derselbe

An die Türen will ich schleichen,
Still und sittsam will ich stehn;
Fromme Hand wird Nahrung reichen,
Und ich werde weitergehn.
Jeder wird sich glücklich scheinen,
Wenn mein Bild vor ihm erscheint;
Eine Träne wird er weinen,
Und ich weiß nicht, was er weint.

Derselbe

—

Wer nie sein Brot mit Tränen aß,
Wer nie die kummervollen Nächte
Auf seinem Bette weinend saß,
Der kennt euch nicht, ihr himmlischen Mächte!

Ihr führt ins Leben uns hinein,
Ihr laßt den Armen schuldig werden,
Dann überlaßt ihr ihn der Pein:
Denn alle Schuld rächt sich auf Erden.

Philine

—

Singet nicht in Trauertönen
Von der Einsamkeit der Nacht;
Nein, sie ist, o holde Schönen,
Zur Geselligkeit gemacht.

Wie das Weib dem Mann gegeben
Als die schönste Hälfte war,
Ist die Nacht das halbe Leben,
Und die schönste Hälfte zwar.

Könnt ihr euch des Tages freuen,
Der nur Freuden unterbricht?
Er ist gut, sich zu zerstreuen;
Zu was anderm taugt er nicht.

Aber wenn in nächt'ger Stunde
Süßer Lampe Dämmrung fließt
Und vom Mund zum nahen Munde
Scherz und Liebe sich ergießt,

Wenn der rasche lose Knabe,
Der sonst wild und feurig eilt,
Oft bei einer kleinen Gabe
Unter leichten Spielen weilt,

Wenn die Nachtigall Verliebten
Liebevoll ein Liedchen singt,
Das Gefangnen und Betrübten
Nur wie Ach und Wehe klingt:

—

Mit wie leichtem Herzensregen
Horchet ihr der Glocke nicht,
Die mit zwölf bedächt'gen Schlägen
Ruh und Sicherheit verspricht!

Darum an dem langen Tage
Merke dir es, liebe Brust:
Jeder Tag hat seine Plage,
Und die Nacht hat ihre Lust.

Für ewig

Denn was der Mensch in seinen Erdeschranken
Von hohem Glück mit Götternamen nennt,
Die Harmonie der Treue, die kein Wanken,
Der Freundschaft, die nicht Zweifelsorge kennt;
Das Licht, das Weisen nur zu einsamen Gedanken,
Das Dichtern nur in schönen Bildern brennt,
Das hatt ich all in meinen besten Stunden
In ihr entdeckt und es für mich gefunden.

Liebhaber in allen Gestalten

Ich wollt, ich wär ein Fisch,
So hurtig und frisch;
Und kämst du zu anglen,
Ich würde nicht manglen.
Ich wollt, ich wär ein Fisch,
So hurtig und frisch.

Ich wollt, ich wär ein Pferd,
Da wär ich dir wert.
O wär ich ein Wagen,
Bequem dich zu tragen.
Ich wollt, ich wär ein Pferd,
Da wär ich dir wert.

Ich wollt, ich wäre Gold,
Dir immer im Sold;
Und tätst du was kaufen,
Käm ich wieder gelaufen.
Ich wollt, ich wäre Gold,
Dir immer im Sold.

Ich wollt, ich wär treu,
Mein Liebchen stets neu;
Ich wollt mich verheißen,
Wollt nimmer verreisen.
Ich wollt, ich wär treu,
Mein Liebchen stets neu.

Ich wollt, ich wär alt
Und runzlig und kalt;
Tätst du mir's versagen,
Da könnt mich's nicht plagen.
Ich wollt, ich wär alt
Und runzlig und kalt.

Wär ich Affe sogleich,
Voll neckender Streich;
Hätt was dich verdrossen,
So macht ich dir Possen.
Wär ich Affe sogleich,
Voll neckender Streich.

Wär ich gut wie ein Schaf,
Wie der Löwe so brav;
Hätt Augen wie 's Lüchschen
Und Listen wie 's Füchschen.
Wär ich gut wie ein Schaf.
Wie der Löwe so brav.

Was alles ich wär,
Das gönnt ich dir sehr;
Mit fürstlichen Gaben,
Du solltest mich haben.
Was alles ich wär,
Das gönnt ich dir sehr.

Doch bin ich, wie ich bin,
Und nimm mich nur hin!

—

Willst du beßre besitzen,
So laß dir sie schnitzen.
Ich bin nun, wie ich bin;
So nimm mich nur hin!

Kophtisches Lied

Lasset Gelehrte sich zanken und streiten,
Streng und bedächtig die Lehrer auch sein!
Alle die Weisesten aller der Zeiten
Lächeln und winken und stimmen mit ein:
‹Töricht, auf Beßrung der Toren zu harren!
Kinder der Klugheit, o habet die Narren
Eben zum Narren auch, wie sich's gehört!›

Merlin der Alte, im leuchtenden Grabe,
Wo ich als Jüngling gesprochen ihn habe,
Hat mich mit ähnlicher Antwort belehrt:
‹Töricht, auf Beßrung der Toren zu harren!
Kinder der Klugheit, o habet die Narren
Eben zum Narren auch, wie sich's gehört!›

Und auf den Höhen der indischen Lüfte
Und in den Tiefen ägyptischer Grüfte
Hab ich das heilige Wort nur gehört:
‹Töricht, auf Beßrung der Toren zu harren!
Kinder der Klugheit, o habet die Narren
Eben zum Narren auch, wie sich's gehört!›

Ein andres

Geh! gehorche meinen Winken,
Nutze deine jungen Tage,
Lerne zeitig klüger sein:
Auf des Glückes großer Waage
Steht die Zunge selten ein;
Du mußt steigen oder sinken,
Du mußt herrschen und gewinnen
Leiden oder triumphieren,
Amboß oder Hammer sein.

Morgenklagen

O du loses, leidigliebes Mädchen,
Sag mir an, womit hab ich's verschuldet,
Daß du mich auf diese Folter spannest,
Daß du dein gegeben Wort gebrochen?

Drucktest doch so freundlich gestern abend
Mir die Hände, lispeltest so lieblich:
‹Ja, ich komme, komme gegen Morgen
Ganz gewiß, mein Freund, auf deine Stube.›

Angelehnet ließ ich meine Türe,
Hatte wohl die Angeln erst geprüfet
Und mich recht gefreut, daß sie nicht knarrten.

Welche Nacht des Wartens ist vergangen!
Wacht ich doch und zählte jedes Viertel:
Schlief ich ein auf wenig Augenblicke,
War mein Herz beständig wach geblieben,
Weckte mich von meinem leisen Schlummer.

Ja, da segnet ich die Finsternisse,
Die so ruhig alles überdeckten,
Freute mich der allgemeinen Stille,
Horchte lauschend immer in die Stille,
Ob sich nicht ein Laut bewegen möchte.

‹Hätte sie Gedanken, wie ich denke,
Hätte sie Gefühl, wie ich empfinde,

Würde sie den Morgen nicht erwarten,
Würde schon in dieser Stunde kommen.›

Hüpft' ein Kätzchen oben übern Boden,
Knisterte das Mäuschen in der Ecke,
Regte sich, ich weiß nicht was, im Hause,
Immer hofft ich, deinen Schritt zu hören,
Immer glaubt ich, deinen Tritt zu hören.

Und so lag ich lang' und immer länger,
Und es fing der Tag schon an zu grauen,
Und es rauschte hier und rauschte dorten.

‹Ist es ihre Türe? Wär's die meine!›
Saß ich aufgestemmt in meinem Bette,
Schaute nach der halb erhellten Türe,
Ob sie nicht sich wohl bewegen möchte.
Angelehnet blieben beide Flügel
Auf den leisen Angeln ruhig hangen.

Und der Tag ward immer hell' und heller;
Hört ich schon des Nachbars Türe gehen,
Der das Taglohn zu gewinnen eilet,
Hört ich bald darauf die Wagen rasseln,
War das Tor der Stadt nun auch eröffnet,
Und es regte sich der ganze Plunder
Des bewegten Marktes durcheinander.

Ward nun in dem Haus ein Gehn und Kommen
Auf und ab die Stiegen, hin und wieder
Knarrten Türen, klapperten die Tritte;

Und ich konnte, wie vom schönen Leben,
Mich noch nicht von meiner Hoffnung scheiden.

Endlich, als die ganz verhaßte Sonne
Meine Fenster traf und meine Wände,
Sprang ich auf und eilte nach dem Garten,
Meinen heißen, sehnsuchtsvollen Atem
Mit der kühlen Morgenluft zu mischen,
Dir vielleicht im Garten zu begegnen:
Und nun bis du weder in der Laube
Noch im hohen Lindengang zu finden.

Der Besuch

Meine Liebste wollt ich heut beschleichen,
Aber ihre Türe war verschlossen.
Hab ich doch den Schlüssel in der Tasche!
Öffn ich leise die geliebte Türe!

Auf dem Saale fand ich nicht das Mädchen,
Fand das Mädchen nicht in ihrer Stube;
Endlich, da ich leis die Kammer öffne,
Find ich sie, gar zierlich eingeschlafen,
Angekleidet, auf dem Sofa liegen.

Bei der Arbeit war sie eingeschlafen;
Das Gestrickte mit den Nadeln ruhte
Zwischen den gefaltnen zarten Händen;
Und ich setzte mich an ihre Seite,
Ging bei mir zu Rat, ob ich sie weckte.

Da betrachtet ich den schönen Frieden,
Der auf ihren Augenlidern ruhte:
Auf den Lippen war die stille Treue,
Auf den Wangen Lieblichkeit zu Hause,
Und die Unschuld eines guten Herzens
Regte sich im Busen hin und wider.
Jedes ihrer Glieder lag gefällig
Aufgelöst vom süßen Götterbalsam.
Freudig saß ich da, und die Betrachtung
Hielte die Begierde, sie zu wecken,
Mit geheimen Banden fest und fester.

O du Liebe, dacht ich, kann der Schlummer,
Der Verräter jedes falschen Zuges,
Kann er dir nicht schaden, nichts entdecken,
Was des Freundes zarte Meinung störte?

Deine holden Augen sind geschlossen,
Die mich offen schon allein bezaubern;
Es bewegen deine süßen Lippen
Weder sich zur Rede noch zum Kusse;
Aufgelöst sind diese Zauberbande
Deiner Arme, die mich sonst umschlingen,
Und die Hand, die reizende Gefährtin
Süßer Schmeicheleien, unbeweglich.
Wär's ein Irrtum, wie ich von dir denke,
Wär es Selbstbetrug, wie ich dich liebe,
Müßt ich's jetzt entdecken, da sich Amor
Ohne Binde neben mich gestellet.

Lange saß ich so und freute herzlich
Ihres Wertes mich und meiner Liebe;
Schlafend hatte sie mir so gefallen,
Daß ich mich nicht traute, sie zu wecken.

Leise leg ich ihr zwei Pomeranzen
Und zwei Rosen auf das Tischchen nieder;
Sachte, sachte schleich ich meiner Wege.
Öffnet sie die Augen, meine Gute,
Gleich erblickt sie diese bunte Gabe,
Staunt, wie immer bei verschloßnen Türen
Dieses freundliche Geschenk sich finde.

Seh ich diese Nacht den Engel wieder,
O wie freut sie sich, vergilt mir doppelt
Dieses Opfer meiner zarten Liebe.

An die Entfernte

So hab ich wirklich dich verloren?
Bist du, o Schöne, mir entflohn?
Noch klingt in den gewohnten Ohren
Ein jedes Wort, ein jeder Ton.

So wie des Wandrers Blick am Morgen
Vergebens in die Lüfte dringt,
Wenn, in dem blauen Raum verborgen,
Hoch über ihm die Lerche singt:

So dringet ängstlich hin und wider
Durch Feld und Busch und Wald mein Blick.
Dich rufen alle meine Lieder;
O komm, Geliebte, mir zurück!

Meeresstille

Tiefe Stille herrscht im Wasser
Ohne Regung ruht das Meer,
Und bekümmert sieht der Schiffer
Glatte Fläche ringsumher.
Keine Luft von keiner Seite!
Todesstille fürchterlich!
In der ungeheuern Weite
Reget keine Welle sich.

Glückliche Fahrt

Die Nebel zerreißen,
Der Himmel ist helle,
Und Äolus löset
Das ängstliche Band.
Es säuseln die Winde,
Es rührt sich der Schiffer.
Geschwinde! Geschwinde!
Es teilt sich die Welle,
Es naht sich die Ferne;
Schon seh ich das Land!

An die Erwählte

Hand in Hand! und Lipp auf Lippe!
Liebes Mädchen, bleibe treu!
Lebe wohl! und manche Klippe
Fährt dein Liebster noch vorbei;
Aber wenn er einst den Hafen,
Nach dem Sturme, wieder grüßt,
Mögen ihn die Götter strafen,
Wenn er ohne dich genießt.

Frisch gewagt ist schon gewonnen,
Halb ist schon mein Werk vollbracht!
Sterne leuchten mir wie Sonnen,
Nur dem Feigen ist es Nacht.
Wär ich müßig dir zur Seite,
Drückte noch der Kummer mich;
Doch in aller dieser Weite
Wirk ich rasch und nur für dich.

Schon ist mir das Tal gefunden,
Wo wir einst zusammen gehn
Und den Strom in Abendstunden
Sanft hinuntergleiten sehn.
Diese Pappeln auf den Wiesen,
Diese Buchen in dem Hain!
Ach, und hinter allen diesen
Wird doch auch ein Hüttchen sein.

Die Spröde

An dem reinsten Frühlingsmorgen
Ging die Schäferin und sang,
Jung und schön und ohne Sorgen,
Daß es durch die Felder klang,
So la la! le ralla!

Thyrsis bot ihr für ein Mäulchen
Zwei, drei Schäfchen gleich am Ort,
Schalkhaft blickte sie ein Weilchen;
Doch sie sang und lachte fort,
So la la! le ralla!

Und ein andrer bot ihr Bänder,
Und der dritte bot sein Herz;
Doch sie trieb mit Herz und Bändern
So wie mit den Lämmern Scherz,
Nur la la! le ralla!

Der Schatzgräber

Arm am Beutel, krank am Herzen,
Schleppt ich meine langen Tage.
Armut ist die größte Plage,
Reichtum ist das höchste Gut!
Und zu enden meine Schmerzen,
Ging ich, einen Schatz zu graben.
‹Meine Seele sollst du haben!›
Schrieb ich hin mit eignem Blut.

Und so zog ich Kreis' um Kreise,
Stellte wunderbare Flammen,
Kraut und Knochenwerk zusammen:
Die Beschwörung war vollbracht.
Und auf die gelernte Weise
Grub ich nach dem alten Schatze
Auf dem angezeigten Platze:
Schwarz und stürmisch war die Nacht.

Und ich sah ein Licht von weiten,
Und es kam gleich einem Sterne
Hinten aus der fernsten Ferne,
Eben als es zwölfe schlug.
Und da galt kein Vorbereiten.
Heller ward's mit einem Male
Von dem Glanz der vollen Schale,
Die ein schöner Knabe trug.

Holde Augen sah ich blinken
Unter dichtem Blumenkranze;

In des Trankes Himmelsglanze
Trat er in den Kreis herein.
Und er hieß mich freundlich trinken;
Und ich dacht: Es kann der Knabe
Mit der schönen, lichten Gabe
Wahrlich nicht der Böse sein.

‹Trinke Mut des reinen Lebens!
Dann verstehst du die Belehrung,
Kommst, mit ängstlicher Beschwörung,
Nicht zurück an diesen Ort.
Grabe hier nicht mehr vergebens.
Tages Arbeit! Abends Gäste!
Saure Wochen! Frohe Feste!
Sei dein künftig Zauberwort.›

Abschied

Zu lieblich ist's, ein Wort zu brechen,
Zu schwer die wohlerkannte Pflicht,
Und leider kann man nichts versprechen,
Was unserm Herzen widerspricht.

Du übst die alten Zauberlieder,
Du lockst ihn, der kaum ruhig war,
Zum Schaukelkahn der süßen Torheit wieder,
Erneust, verdoppelst die Gefahr.

Was suchst du mir dich zu verstecken!
Sei offen, flieh nicht meinen Blick!
Früh oder spät mußt ich's entdecken,
Und hier hast du dein Wort zurück.

Was ich gesollt, hab ich vollendet;
Durch mich sei dir von nun an nichts verwehrt;
Allein verzeih dem Freund, der sich nun von dir wendet
Und still in sich zurücke kehrt.

Der Gott und die Bajadere

Indische Legende

—

Mahadöh, der Herr der Erde,
Kommt herab zum sechsten Mal,
Daß er unsersgleichen werde,
Mitzufühlen Freud und Qual.
Er bequemt sich, hier zu wohnen,
Läßt sich alles selbst geschehn.
Soll er strafen oder schonen,
Muß er Menschen menschlich sehn.
Und hat er die Stadt sich als Wandrer betrachtet,
Die Großen belauert, auf Kleine geachtet,
Verläßt er sie abends, um weiterzugehn.

Als er nun hinausgegangen,
Wo die letzten Häuser sind,
Sieht er, mit gemalten Wangen,
Ein verlornes schönes Kind.
‹Grüß dich, Jungfrau!› – ‹Dank der Ehre!
Wart, ich komme gleich hinaus.›
‹Und wer bist du?› – ‹Bajadere,
Und dies ist der Liebe Haus.›
Sie rührt sich, die Cymbeln zum Tanze zu schlagen;
Sie weiß sich so lieblich im Kreise zu tragen,
Sie neigt sich und biegt sich und reicht ihm den Strauß.

Schmeichelnd zieht sie ihn zur Schwelle,
Lebhaft ihn ins Haus hinein.
‹Schöner Fremdling, lampenhelle
Soll sogleich die Hütte sein.

—

Bist du müd, ich will dich laben,
Lindern deiner Füße Schmerz.
Was du willst, das sollst du haben,
Ruhe, Freuden oder Scherz.›
Sie lindert geschäftig geheuchelte Leiden
Der Göttliche lächelt; er siehet mit Freuden
Durch tiefes Verderben ein menschliches Herz.

Und er fordert Sklavendienste;
Immer heitrer wird sie nur,
Und des Mädchens frühe Künste
Werden nach und nach Natur.
Und so stellet auf die Blüte
Bald und bald die Frucht sich ein;
Ist Gehorsam im Gemüte,
Wird nicht fern die Liebe sein.
Aber sie schärfer und schärfer zu prüfen,
Wählet der Kenner der Höhen und Tiefen
Lust und Entsetzen und grimmige Pein.

Und er küßt die bunten Wangen,
Und sie fühlt der Liebe Qual,
Und das Mädchen steht gefangen,
Und sie weint zum erstenmal;
Sinkt zu seinen Füßen nieder,
Nicht um Wollust noch Gewinst,
Ach! und die gelenken Glieder,
Sie versagen allen Dienst.
Und so zu des Lagers vergnüglicher Feier
Bereiten den dunklen, behaglichen Schleier
Die nächtlichen Stunden, das schöne Gespinst.

Spät entschlummert unter Scherzen,
Früh erwacht nach kurzer Rast,
Findet sie an ihrem Herzen
Tot den vielgeliebten Gast.
Schreiend stürzt sie auf ihn nieder;
Aber nicht erweckt sie ihn,
Und man trägt die starren Glieder
Bald zur Flammengrube hin.
Sie höret die Priester, die Totengesänge,
Sie raset und rennet und teilet die Menge.
‹Wer bist du? was drängt zu der Grube dich hin?›

Bei der Bahre stürzt sie nieder,
Ihr Geschrei durchdringt die Luft:
‹Meinen Gatten will ich wieder!
Und ich such ihn in der Gruft.
Soll zu Asche mir zerfallen
Dieser Glieder Götterpracht?
Mein! er war es, mein vor allen!
Ach, nur eine *süße Nacht.›*
Es singen die Priester: ‹Wir tragen die Alten,
Nach langem Ermatten und spätem Erkalten,
Wir tragen die Jugend, noch eh sie's gedacht.

Höre deiner Priester Lehre:
Dieser war dein Gatte nicht.
Lebst du doch als Bajadere,
Und so hast du keine Pflicht.
Nur dem Körper folgt der Schatten
In das stille Totenreich;
Nur die Gattin folgt dem Gatten:
Das ist Pflicht und Ruhm zugleich.

—

Ertöne, Drommete, zu heiliger Klage!
O nehmet, ihr Götter! die Zierde der Tage,
O nehmet den Jüngling in Flammen zu euch!›

So das Chor, das ohn Erbarmen
Mehret ihres Herzens Not;
Und mit ausgestreckten Armen
Springt sie in den heißen Tod.
Doch der Götterjüngling hebet
Aus der Flamme sich empor,
Und in seinen Armen schwebet
Die Geliebte mit hervor.
Es freut sich die Gottheit der reuigen Sünder;
Unsterbliche heben verlorene Kinder
Mit feurigen Armen zum Himmel empor.

Der Zauberlehrling

Hat der alte Hexenmeister
Sich doch einmal wegbegeben!
Und nun sollen seine Geister
Auch nach meinem Willen leben.
Seine Wort' und Werke
Merkt ich und den Brauch,
Und mit Geistesstärke
Tu ich Wunder auch.

Walle! walle
Manche Strecke,
Daß, zum Zwecke,
Wasser fließe
Und mit reichem, vollem Schwalle
Zu dem Bade sich ergieße.

Und nun komm, du alter Besen!
Nimm die schlechten Lumpenhüllen;
Bist schon lange Knecht gewesen;
Nun erfülle meinen Willen!
Auf zwei Beinen stehe,
Oben sei ein Kopf,
Eile nun und gehe
Mit dem Wassertopf!

Walle! walle
Manche Strecke,
Daß, zum Zwecke,
Wasser fließe

Und mit reichem, vollem Schwalle
Zu dem Bade sich ergieße.

Seht, er läuft zum Ufer nieder;
Wahrlich! ist schon an dem Flusse,
Und mit Blitzesschnelle wieder
Ist er hier mit raschem Gusse.
Schon zum zweiten Male!
Wie das Becken schwillt!
Wie sich jede Schale
Voll mit Wasser füllt!

Stehe! stehe!
Denn wir haben
Deiner Gaben
Vollgemessen! –
Ach, ich merk es! Wehe! wehe!
Hab ich doch das Wort vergessen!

Ach, das Wort, worauf am Ende
Er das wird, was er gewesen.
Ach, er läuft und bringt behende!
Wärst du doch der alte Besen!
Immer neue Güsse
Bringt er schnell herein,
Ach! und hundert Flüsse
Stürzen auf mich ein.

Nein, nicht länger
Kann ich's lassen;
Will ihn fassen.
Das ist Tücke!

—

Ach! nun wird mir immer bänger!
Welche Miene! welche Blicke!

O du Ausgeburt der Hölle!
Soll das ganze Haus ersaufen?
Seh ich über jede Schwelle
Doch schon Wasserströme laufen.
Ein verruchter Besen,
Der nicht hören will!
Stock, der du gewesen,
Steh doch wieder still!

Willst's am Ende
Gar nicht lassen?
Will dich fassen,
Will dich halten
Und das alte Holz behende
Mit dem scharfen Beile spalten.

Seht, da kommt er schleppend wieder!
Wie ich mich nur auf dich werfe,
Gleich, o Kobold, liegst du nieder;
Krachend trifft die glatte Schärfe.
Wahrlich! brav getroffen!
Seht, er ist entzwei!
Und nun kann ich hoffen,
Und ich atme frei!

Wehe! wehe!
Beide Teile
Stehn in Eile
Schon als Knechte

—

Völlig fertig in die Höhe!
Helft mir, ach! ihr hohen Mächte!

Und sie laufen! Naß und nässer
Wird's im Saal und auf den Stufen.
Welch entsetzliches Gewässer!
Herr und Meister! hör mich rufen! –
Ach, da kommt der Meister!
Herr, die Not ist groß!
Die ich rief, die Geister,
Werd ich nun nicht los.

‹In die Ecke,
Besen! Besen!
Seid's gewesen.
Denn als Geister
Ruft euch nur, zu seinem Zwecke,
Erst hervor der alte Meister.›

Der Musensohn

Durch Feld und Wald zu schweifen,
Mein Liedchen wegzupfeifen,
So geht's von Ort zu Ort!
Und nach dem Takte reget
Und nach dem Maß beweget
Sich alles an mir fort.

Ich kann sie kaum erwarten,
Die erste Blum im Garten.
Die erste Blüt am Baum.
Sie grüßen meine Lieder,
Und kommt der Winter wieder,
Sing ich noch jenen Traum.

Ich sing ihn in der Weite,
Auf Eises Läng und Breite,
Da blüht der Winter schön!
Auch diese Blüte schwindet,
Und neue Freude findet
Sich auf bebauten Höhn.

Denn wie ich bei der Linde
Das junge Völkchen finde,
Sogleich erreg ich sie.
Der stumpfe Bursche bläht sich,
Das steife Mädchen dreht sich
Nach meiner Melodie.

Ihr gebt den Sohlen Flügel
Und treibt durch Tal und Hügel
Den Liebling weit von Haus.
Ihr lieben, holden Musen,
Wann ruh ich ihr am Busen
Auch endlich wieder aus?

An die Günstigen

Dichter lieben nicht zu schweigen,
Wollen sich der Menge zeigen.
Lob und Tadel muß ja sein!
Niemand beichtet gern in Prosa;
Doch vertraun wir oft sub rosa
In der Musen stillem Hain.

Was ich irrte, was ich strebte,
Was ich litt und was ich lebte,
Sind hier Blumen nur im Strauß;
Und das Alter wie die Jugend,
Und der Fehler wie die Tugend
Nimmt sich gut in Liedern aus.

Das Sonett

Sich in erneutem Kunstgebrauch zu üben
Ist heil'ge Pflicht, die wir dir auferlegen:
Du kannst dich auch, wie wir, bestimmt bewegen
Nach Tritt und Schritt, wie es dir vorgeschrieben.

Denn eben die Beschränkung läßt sich lieben,
Wenn sich die Geister gar gewaltig regen;
Und wie sie sich denn auch gebärden mögen,
Das Werk zuletzt ist doch vollendet blieben.

So möcht ich selbst in künstlichen Sonetten,
In sprachgewandter Maße kühnem Stolze,
Das Beste, was Gefühl mir gäbe, reimen;

Nur weiß ich hier mich nicht bequem zu betten,
Ich schneide sonst so gern aus ganzem Holze
Und müßte nun doch auch mitunter leimen.

Natur und Kunst, sie scheinen sich zu fliehen
Und haben sich, eh man es denkt, gefunden;
Der Widerwille ist auch mir verschwunden,
Und beide scheinen gleich mich anzuziehen.

Es gilt wohl nur ein redliches Bemühen!
Und wenn wir erst in abgemeßnen Stunden
Mit Geist und Fleiß uns an die Kunst gebunden,
Mag frei Natur im Herzen wieder glühen.

So ist's mit aller Bildung auch beschaffen:
Vergebens werden ungebundne Geister
Nach der Vollendung reiner Höhe streben.

Wer Großes will, muß sich zusammenraffen;
In der Beschränkung zeigt sich erst der Meister,
Und das Gesetz nur kann uns Freiheit geben.

Frühzeitiger Frühling

—

Tage der Wonne,
Kommt ihr so bald?
Schenkt mir die Sonne,
Hügel und Wald?

Reichlicher fließen
Bächlein zumal.
Sind es die Wiesen?
Ist es das Tal?

Blauliche Frische!
Himmel und Höh!
Goldene Fische
Wimmeln im See.

Buntes Gefieder
Rauschet im Hain;
Himmlische Lieder
Schallen darein.

Unter des Grünen
Blühender Kraft
Naschen die Bienen
Summend am Saft.

Leise Bewegung
Bebt in der Luft,
Reizende Regung,
Schläfernder Duft.

—

Mächtiger rühret
Bald sich ein Hauch,
Doch er verlieret
Gleich sich im Strauch.

Aber zum Busen
Kehrt er zurück.
Helfet, ihr Musen,
Tragen das Glück!

Saget, seit gestern
Wie mir geschah?
Liebliche Schwestern,
Liebchen ist da!

Schäfers Klagelied

Da droben auf jenem Berge,
Da steh ich tausendmal
An meinem Stabe gebogen
Und schaue hinab in das Tal.

Dann folg ich der weidenden Herde,
Mein Hündchen bewahret mir sie.
Ich bin herunter gekommen
Und weiß doch selber nicht wie.

Da stehet von schönen Blumen
Die ganze Wiese so voll.
Ich breche sie, ohne zu wissen,
Wem ich sie geben soll.

Und Regen, Sturm und Gewitter
Verpaß ich unter dem Baum.
Die Türe dort bleibet verschlossen;
Doch alles ist leider ein Traum.

Es steht ein Regenbogen
Wohl über jenem Haus!
Sie aber ist weggezogen,
Und weit in das Land hinaus.

Hinaus in das Land und weiter,
Vielleicht gar über die See.
Vorüber, ihr Schafe, vorüber!
Dem Schäfer ist gar so weh.

Frühlingsorakel

Du prophet'scher Vogel du,
Blütensänger, o Coucou!
Bitten eines jungen Paares
In der schönsten Zeit des Jahres
Höre, liebster Vogel du;
Kann es hoffen, ruf ihm zu
Dein Coucou, dein Coucou,
Immer mehr Coucou, Coucou.

Hörst du! ein verliebtes Paar
Sehnt sich herzlich zum Altar;
Und es ist bei seiner Jugend
Voller Treue, voller Tugend.
Ist die Stunde denn noch nicht voll?
Sag, wie lange es warten soll?
Horch! Coucou! Horch! Coucou!
Immer stille! Nichts hinzu!

Ist es doch nicht unsre Schuld!
Nur zwei Jahre noch Geduld!
Aber, wenn wir uns genommen,
Werden Pa-pa-papas kommen?
Wisse, daß du uns erfreust,
Wenn du viele prophezeist.
Eins! Coucou! Zwei! Coucou!
Immer weiter Coucou, Coucou, Cou.

Haben wir wohl recht gezählt,
Wenig am Halbdutzend fehlt.
Wenn wir gute Worte geben,
Sagst du wohl, wie lang wir leben?
Freilich, wir gestehen dir's,
Gern zum längsten trieben wir's.
Cou Coucou, Cou Coucou,
Cou, Cou, Cou, Cou, Cou, Cou, Cou, Cou, Cou.

Leben ist ein großes Fest,
Wenn sich's nicht berechnen läßt.
Sind wir nun zusammen blieben,
Bleibt denn auch das treue Lieben?
Könnte das zu Ende gehn,
Wär doch alles nicht mehr schön.
Cou Coucou, Cou Coucou :/:
Cou, Cou, Cou, Cou, Cou, Cou, Cou, Cou, Cou!

(Mit Grazie in infinitum)

Trost in Tränen

Wie kommt's, daß du so traurig bist,
Da alles froh erscheint?
Man sieht dir's an den Augen an,
Gewiß, du hast geweint.

‹Und hab ich einsam auch geweint,
So ist's mein eigner Schmerz,
Und Tränen fließen gar so süß,
Erleichtern mir das Herz.›

Die frohen Freunde laden dich,
O komm an unsre Brust!
Und was du auch verloren hast,
Vertraue den Verlust.

‹Ihr lärmt und rauscht und ahnet nicht,
Was mich, den Armen, quält.
Ach nein, verloren hab ich's nicht,
Sosehr es mir auch fehlt.›

So raffe denn dich eilig auf,
Du bist ein junges Blut.
In deinen Jahren hat man Kraft
Und zum Erwerben Mut.

‹Ach nein, erwerben kann ich's nicht,
Es steht mir gar zu fern.
Es weilt so hoch, es blinkt so schön,
Wie droben jener Stern.›

Die Sterne, die begehrt man nicht,
Man freut sich ihrer Pracht,
Und mit Entzücken blickt man auf
In jeder heitern Nacht.

‹Und mit Entzücken blick ich auf,
So manchen lieben Tag;
Verweinen laßt die Nächte mich,
Solang ich weinen mag.›

Dauer im Wechsel

Hielte diesen frühen Segen,
Ach, nur eine *Stunde fest!*
Aber vollen Blütenregen
Schüttelt schon der laue West.
Soll ich mich des Grünen freuen,
Dem ich Schatten erst verdankt?
Bald wird Sturm auch das zerstreuen,
Wenn es falb im Herbst geschwankt.

Willst du nach den Früchten greifen,
Eilig nimm dein Teil davon!
Diese fangen an zu reifen,
Und die andern keimen schon;
Gleich mit jedem Regengusse
Ändert sich dein holdes Tal,
Ach, und in demselben Flusse
Schwimmst du nicht zum zweitenmal.

Du nun selbst! Was felsenfeste
Sich vor dir hervorgetan,
Mauern siehst du, siehst Paläste
Stets mir andern Augen an.
Weggeschwunden ist die Lippe,
Die im Kusse sonst genas,
Jener Fuß, der an der Klippe
Sich mit Gemsenfreche maß.

Jene Hand, die gern und milde
Sich bewegte, wohlzutun,
Das gegliederte Gebilde,
Alles ist ein andres nun.
Und was sich an jener Stelle
Nun mit deinem Namen nennt,
Kam herbei wie eine Welle,
Und so eilt's zum Element.

Laß den Anfang mit dem Ende
Sich in eins *zusammenziehn!*
Schneller als die Gegenstände
Selber dich vorüberfliehn!
Danke, daß die Gunst der Musen
Unvergängliches verheißt,
Den Gehalt in deinem Busen
Und die Form in deinem Geist.

Vanitas! Vanitatum vanitas!

—

Ich hab mein Sach auf Nichts gestellt.
Juchhe!
Drum ist's so wohl mir in der Welt.
Juchhe!
Und wer will mein Kamerade sein,
Der stoße mit an, der stimme mit ein
Bei dieser Neige Wein.

Ich stellt mein Sach auf Geld und Gut.
Juchhe!
Darüber verlor ich Freud und Mut.
O weh!
Die Münze rollte hier und dort,
Und hascht ich sie an einem Ort,
Am andern war sie fort.

Auf Weiber stellt ich nun mein Sach.
Juchhe!
Daher mir kam viel Ungemach.
O weh!
Die Falsche sucht' sich ein ander Teil,
Die Treue macht' mir Langeweil:
Die Beste war nicht feil.

Ich stellt mein Sach auf Reis' und Fahrt.
Juchhe!
Und ließ meine Vaterlandesart.
O weh!
Und mir behagt' es nirgends recht,

—

Die Kost war fremd, das Bett war schlecht,
Niemand verstand mich recht.

Ich stellt mein Sach auf Ruhm und Ehr.
Juchhe!
Und sieh! gleich hatt ein andrer mehr.
O weh!
Wie ich mich hatt hervogetan,
Da sahen die Leute scheel mich an,
Hatte keinem recht getan.

Ich setzt mein Sach auf Kampf und Krieg.
Juchhe!
Und uns gelang so mancher Sieg.
Juchhe!
Wir zogen in Feindes Land hinein,
Dem Freunde sollt's nicht viel besser sein,
Und ich verlor ein Bein.

Nun hab ich mein Sach auf Nichts gestellt.
Juchhe!
Und mein gehört die ganze Welt.
Juchhe!
Zu Ende geht nun Sang und Schmaus.
Nur trinkt mir alle Neigen aus;
Die letzte muß heraus!

Blumengruß

Der Strauß, den ich gepflücket,
Grüße dich vieltausendmal!
Ich habe mich oft gebücket,
Ach, wohl eintausendmal,
Und ihn ans Herz gedrücket
Wie hunderttausendmal!

Die Lustigen von Weimar

Donnerstag nach Belvedere,
Freitag geht's nach Jena fort:
Denn das ist, bei meiner Ehre,
Doch ein allerliebster Ort!
Samstag ist's, worauf wir zielen,
Sonntag rutscht man auf das Land;
Zwäzen, Burgau, Schneidemühlen
Sind uns alle wohlbekannt.

Montag reizet uns die Bühne;
Dienstag schleicht dann auch herbei,
Doch er bringt zu stiller Sühne
Ein Rapuschchen frank und frei.
Mittwoch fehlt es nicht an Rührung:
Denn es gibt ein gutes Stück;
Donnerstag lenkt die Verführung
Uns nach Belveder' zurück.

Und es schlingt ununterbrochen
Immer sich der Freundenkreis
Durch die zweiundfunfzig Wochen,
Wenn man's recht zu führen weiß.
Spiel und Tanz, Gespräch, Theater,
Sie erfrischen unser Blut;
Laßt den Wienern ihren Prater;
Weimar, Jena, da ist's gut!

Der getreue Eckart

‹O wären wir weiter, o wär ich zu Haus!
Sie kommen, da kommt schon der nächtliche Graus;
Sie sind's, die unholdigen Schwestern.
Sie streifen heran, und sie finden uns hier,
Sie trinken das mühsam geholte, das Bier,
Und lassen nur leer uns die Krüge.›

So sprechen die Kinder und drücken sich schnell;
Da zeigt sich vor ihnen ein alter Gesell:
‹Nur stille, Kind! Kinderlein, stille!
Die Hulden, sie kommen von durstiger Jagd,
Und laßt ihr sie trinken, wie's jeder behagt,
Dann sind sie euch hold, die Unholden.›

Gesagt so geschehn! und da naht sich der Graus
Und siehet so grau und so schattenhaft aus,
Doch schlürft es und schlampft es aufs beste.
Das Bier ist verschwunden, die Krüge sind leer;
Nun saust es und braust es, das wütige Heer,
Ins weite Getal und Gebirge.

Die Kinderlein ängstlich gen Hause so schnell,
Gesellt sich zu ihnen der fromme Gesell:
‹Ihr Püppchen, nur seid mir nicht traurig.›
‹Wir kriegen nun Schelten und Streich' bis aufs
Blut.›
‹Nein, keineswegs, alles geht herrlich und gut,
Nur schweiget und horchet wie Mäuslein.

Und der es euch anrät und der es befiehlt,
Er ist es, der gern mit den Kindelein spielt,
Der alte Getreue, der Eckart.
Vom Wundermann hat man euch immer erzählt,
Nur hat die Bestätigung jedem gefehlt,
Die habt ihr nun köstlich in Händen.›

Sie kommen nach Hause, sie setzen den Krug
Ein jedes den Eltern bescheiden genug
Und harren der Schläg und der Schelten.
Doch siehe, man kostet: ein herrliches Bier!
Man trinkt in die Runde schon dreimal und vier,
Und noch nimmt der Krug nicht ein Ende.

Das Wunder, es dauert zum morgenden Tag.
Doch fraget, wer immer zu fragen vermag:
‹Wie ist's mit den Krügen ergangen?›
Die Mäuslein, sie lächeln, im stillen ergetzt;
Sie stammeln und stottern und schwatzen zuletzt,
Und gleich sind vertrocknet die Krüge.

Und wenn euch, ihr Kinder, mit treuem Gesicht
Ein Vater, ein Lehrer, ein Aldermann spricht,
So horchet und folget ihm pünktlich!
Und liegt auch das Zünglein in peinlicher Hut,
Verplaudern ist schädlich, verschweigen ist gut;
Dann füllt sich das Bier in den Krügen.

Der Totentanz

Der Türmer, der schaut zumitten der Nacht
Hinab auf die Gräber in Lage;
Der Mond, der hat alles ins Helle gebracht;
Der Kirchhof, er liegt wie am Tage.
Da regt sich ein Grab und ein anderes dann:
Sie kommen hervor, ein Weib da, ein Mann,
In weißen und schleppenden Hemden.

Das reckt nun, es will sich ergetzen sogleich,
Die Knöchel zur Runde, zum Kranze,
So arm und so jung und so alt und so reich;
Doch hindern die Schleppen am Tanze.
Und weil hier die Scham nun nicht weiter gebeut,
Sie schütteln sich alle, da liegen zerstreut
Die Hemdelein über den Hügeln.

Nun hebt sich der Schenkel, nun wackelt das Bein,
Gebärden da gibt es vertrackte;
Dann klippert's und klappert's mitunter hinein,
Als schlüg man die Hölzlein zum Takte.
Das kommt nun dem Türmer so lächerlich vor;
Da raunt ihm der Schalk, der Versucher, ins Ohr:
‹Geh! hole dir einen der Laken.›

Getan wie gedacht! und er flüchtet sich schnell
Nun hinter geheiligte Türen.
Der Mond und noch immer er scheinet so hell
Zum Tanz, den sie schauderlich führen.

Doch endlich verlieret sich dieser und der,
Schleicht eins nach dem andern gekleidet einher,
Und husch! ist es unter dem Rasen.

Nur einer, der trippelt und stolpert zuletzt
Und tappet und grapst an den Grüften;
Doch hat kein Geselle so schwer ihn verletzt;
Er wittert das Tuch in den Lüften.
Er rüttelt die Turmtür, sie schlägt ihn zurück.
Geziert und gesegnet, dem Türmer zum Glück,
Sie blinkt von metallenen Kreuzen.

Das Hemd muß er haben, da rastet er nicht,
Da gilt auch kein langes Besinnen,
Den gotischen Zierat ergreift nun der Wicht
Und klettert von Zinne zu Zinnen.
Nun ist's um den armen, den Türmer getan!
Es ruckt sich von Schnörkel zu Schnörkel hinan,
Langbeinigen Spinnen vergleichbar.

Der Türmer erbleichet, der Türmer erbebt,
Gern gäb er ihn wieder, den Laken.
Da häkelt – jetzt hat er am längsten gelebt –
Den Zipfel ein eiserner Zacken.
Schon trübet der Mond sich verschwindenden Scheins,
Die Glocke, sie donnert ein mächtiges Eins,
Und unten zerschellt das Gerippe.

Memento

*Kannst dem Schicksal widerstehen,
Aber manchmal gibt es Schläge;
Will's nicht aus dem Wege gehen,
Ei! so geh du aus dem Wege!*

Ein andres

Mußt nicht widerstehn dem Schicksal,
Aber mußt es auch nicht fliehen!
Wirst du ihm entgegengehen,
Wird's dich freundlich nach sich ziehen.

Gefunden

Ich ging im Walde
So für mich hin,
Und nichts zu suchen,
Das war mein Sinn.

Im Schatten sah ich
Ein Blümchen stehn,
Wie Sterne leuchtend,
Wie Äuglein schön.

Ich wollt es brechen,
Da sagt' es fein:
‹Soll ich zum Welken
Gebrochen sein?›

Ich grub's mit allen
Den Würzlein aus,
Zum Garten trug ich's
Am hübschen Haus.

Und pflanzt es wieder
Am stillen Ort;
Nun zweigt es immer
Und blüht so fort.

Offne Tafel

Viele Gäste wünsch ich heut
Mir zu meinem Tische!
Speisen sind genug bereit,
Vögel, Wild und Fische.
Eingeladen sind sie ja,
Haben's angenommen.
Hänschen, geh und sieh dich um!
Sieh mir, ob sie kommen!

Schöne Kinder hoff ich nun,
Die von gar nichts wissen,
Nicht, daß es was Hübsches sei,
Einen Freund zu küssen.
Eingeladen sind sie all,
Haben's angenommen.
Hänschen, geh und sieh dich um!
Sieh mir, ob sie kommen!

Frauen denk ich auch zu sehn,
Die den Ehegatten,
Ward er immer brummiger,
Immer lieber hatten.
Eingeladen wurden sie,
Haben's angenommen.
Hänschen, geh und sieh dich um!
Sieh mir, ob sie kommen!

Junge Herrn berief ich auch,
Nicht im mindsten eitel,
Die sogar bescheiden sind
Mit gefülltem Beutel;
Diese bat ich sonderlich,
Haben's angenommen.
Hänschen, geh und sieh dich um!
Sieh mir, ob sie kommen!

Männer lud ich mit Respekt,
Die auf ihr Frauen
Ganz allein, nicht nebenaus
Auf die schönste schauen.
Sie erwiderten den Gruß,
Haben's angenommen.
Hänschen, geh und sieh dich um!
Sieh mir, ob sie kommen!

Dichter lud ich auch herbei,
Unsre Lust zu mehren,
Die weit lieber ein fremdes Lied
Als ihr eignes hören.
Alle diese stimmten ein,
Haben's angenommen.
Hänschen, geh und sieh dich um!
Sieh mir, ob sie kommen!

Doch ich sehe niemand gehn,
Sehe niemand rennen!
Suppe kocht und siedet ein,
Braten will verbrennen.

—

Ach, wir haben's, fürcht ich nun,
Zu genau genommen!
Hänschen, sag, was meinst du wohl?
Es wird niemand kommen.

Hänschen, lauf und säume nicht,
Ruf mir neue Gäste!
Jeder komme, wie er ist,
Das ist wohl das beste!
Schon ist's in der Stadt bekannt,
Wohl ist's aufgenommen.
Hänschen, mach die Türen auf:
Sieh nur, wie sie kommen!

Wie du mir, so ich dir

Mann mit zugeknöpften Taschen,
Dir tut niemand was zulieb:
Hand wird nur von Hand gewaschen;
Wenn du nehmen willst, so gib!

Hegire

Nord und West und Süd zersplittern,
Throne bersten, Reiche zittern,
Flüchte du, im reinen Osten
Patriarchenluft zu kosten,
Unter Lieben, Trinken, Singen
Soll dich Chisers Quell verjüngen.

Dort, im Reinen und im Rechten,
Will ich menschlichen Geschlechten
In des Ursprungs Tiefe dringen,
Wo sie noch von Gott empfingen
Himmelslehr in Erdesprachen
Und sich nicht den Kopf zerbrachen.

Wo sie Väter hoch verehrten,
Jeden fremden Dienst verwehrten;
Will mich freun der Jugendschranke:
Glaube weit, eng der Gedanke,
Wie das Wort so wichtig dort war,
Weil es ein gesprochen Wort war.

Will mich unter Hirten mischen,
An Oasen mich erfrischen,
Wenn mit Karawanen wandle,
Schal, Kaffee und Moschus handle;
Jeden Pfad will ich betreten
Von der Wüste zu den Städten.

Bösen Felsweg auf und nieder
Trösten, Hafis, deine Lieder,
Wenn der Führer mit Entzücken
Von des Maultiers hohem Rücken
Singt, die Sterne zu erwecken
Und die Räuber zu erschrecken.

Will in Bädern und in Schenken,
Heil'ger Hafis, dein gedenken,
Wenn den Schleier Liebchen lüftet,
Schüttelnd Ambralocken düftet.
Ja, des Dichters Liebeflüstern
Mache selbst die Huris lüstern.

Wolltet ihr ihm dies beneiden
Oder etwa gar verleiden,
Wisset nur, daß Dichterworte
Um des Paradieses Pforte
Immer leise klopfend schweben,
Sich erbittend ew'ges Leben.

—

Selige Sehnsucht

—

Sagt es niemand, nur den Weisen,
Weil die Menge gleich verhöhnet,
Das Lebend'ge will ich preisen,
Das nach Flammentod sich sehnet.

In der Liebesnächte Kühlung,
Die dich zeugte, wo du zeugtest,
Überfällt dich fremde Fühlung,
Wenn die stille Kerze leuchtet.

Nicht mehr bleibest du umfangen
In der Finsternis Beschattung,
Und dich reißet neu Verlangen
Auf zu höherer Begattung.

Keine Ferne macht dich schwierig,
Kommst geflogen und gebannt,
Und zuletzt, des Lichts begierig,
Bist du, Schmetterling, verbrannt.

Und solang du das nicht hast,
Dieses: Stirb und werde!
Bist du nur ein trüber Gast
Auf der dunklen Erde.

Unbegrenzt

Daß du nicht enden kannst, das macht dich groß,
Und daß du nie beginnst, das ist dein Los.
Dein Lied ist drehend wie das Sterngewölbe,
Anfang und Ende immerfort dasselbe,
Und was die Mitte bringt, ist offenbar
Das, was zu Ende bleibt und anfangs war.

Du bist der Freuden echte Dichterquelle,
Und ungezählt entfließt dir Well auf Welle.
Zum Küssen stets bereiter Mund,
Ein Brustgesang, der lieblich fließet,
Zum Trinken stets gereizter Schlund,
Ein gutes Herz, das sich ergießet.

Und mag die ganze Welt versinken!
Hafis, mit dir, mit dir allein
Will ich wetteifern! Lust und Pein
Sei uns, den Zwillingen, gemein!
Wie du zu lieben und zu trinken,
Das soll mein Stolz, mein Leben sein.

Nun töne, Lied, mit eignem Feuer!
Denn du bist älter, du bist neuer.

Wunderlichstes Buch der Bücher
Ist das Buch der Liebe;
Aufmerksam hab ich's gelesen:
Wenig Blätter Freuden,
Ganze Hefte Leiden;
Einen Abschnitt macht die Trennung.
Wiedersehn! ein klein Kapitel,
Fragmentarisch. Bände Kummers
Mit Erklärungen verlängert,
Endlos, ohne Maß.
O Nisami! – doch am Ende
Hast den rechten Weg gefunden;
Unauflösliches, wer löst es?
Liebende, sich wieder findend.

Geheimes

Über meines Liebchens Äugeln
Stehn verwundert alle Leute;
Ich, der Wissende, dagegen
Weiß recht gut, was das bedeute.

Denn es heißt: ich liebe diesen,
Und nicht etwa den und jenen.
Lasset nur, ihr guten Leute,
Euer Wundern, euer Sehnen!

Ja, mit ungeheuren Mächten
Blicket sie wohl in die Runde;
Doch sie sucht nur zu verkünden
Ihm die nächste süße Stunde.

Einladung

Mußt nicht vor dem Tage fliehen:
Denn der Tag, den du ereilest,
Ist nicht besser als der heut'ge;
Aber wenn du froh verweilest,
Wo ich mir die Welt beseit'ge,
Um die Welt an mich zu ziehen,
Bist du gleich mit mir geborgen:
Heut ist heute, morgen morgen,
Und was folgt und was vergangen,
Reißt nicht hin und bleibt nicht hangen.
Bleibe du, mein Allerliebstes;
Denn du bringst es, und du gibst es.

Gingo biloba

Dieses Baums Blatt, der von Osten
Meinem Garten anvertraut,
Gibt geheimen Sinn zu kosten,
Wie's den Wissenden erbaut.

Ist es ein *lebendig Wesen,*
Das sich in sich selbst getrennt?
Sind es zwei, die sich erlesen,
Daß man sie als eines *kennt?*

Solche Frage zu erwidern,
Fand ich wohl den rechten Sinn;
Fühlst du nicht an meinen Liedern,
Daß ich eins und doppelt bin?

Wiederfinden

Ist es möglich! Stern der Sterne,
Drück ich wieder dich ans Herz!
Ach, was ist die Nacht der Ferne
Für ein Abgrund, für ein Schmerz!
Ja, du bist es! meiner Freuden
Süßer, lieber Widerpart;
Eingedenk vergangner Leiden,
Schaudr ich vor der Gegenwart.

Als die Welt im tiefsten Grunde
Lag an Gottes ew'ger Brust,
Ordnet' er die erste Stunde
Mit erhabner Schöpfungslust,
Und er sprach das Wort: ‹Es werde!›
Da erklang ein schmerzlich Ach!
Als das All mit Machtgebärde
In die Wirklichkeiten brach.

Auf tat sich das Licht: so trennte
Scheu sich Finsternis von ihm,
Und sogleich die Elemente
Scheidend auseinander fliehn.
Rasch, in wilden, wüsten Träumen
Jedes nach der Weite rang,
Starr, in ungemeßnen Räumen,
Ohne Sehnsucht, ohne Klang.

Stumm war alles, still und öde,
Einsam Gott zum erstenmal!
Da erschuf er Morgenröte,
Die erbarmte sich der Qual;
Sie entwickelte dem Trüben
Ein erklingend Farbenspiel,
Und nun konnte wieder lieben,
Was erst auseinander fiel.

Und mit eiligem Bestreben
Sucht sich, was sich angehört;
Und zu ungemeßnem Leben
Ist Gefühl und Blick gekehrt.
Sei's Ergreifen, sei es Raffen,
Wenn es nur sich faßt und hält!
Allah braucht nicht mehr zu schaffen,
Wir erschaffen seine Welt.

So, mit morgenroten Flügeln,
Riß es mich an deinen Mund,
Und die Nacht mit tausend Siegeln
Kräftigt sternenhell den Bund.
Beide sind wir auf der Erde
Musterhaft in Freud und Qual,
Und ein zweites Wort: Es werde!
Trennt uns nicht zum zweitenmal.

Wer das Dichten will verstehen,
Muß ins Land der Dichtung gehen;
Wer den Dichter will verstehen,
Muß in Dichters Lande gehen.

März

Es ist ein Schnee gefallen,
Denn es ist noch nicht Zeit,
Daß von den Blümlein allen,
Daß von den Blümlein allen
Wir werden hoch erfreut.

Der Sonnenblick betrüget
Mit mildem, falschem Schein,
Die Schwalbe selber lüget,
Die Schwalbe selber lüget,
Warum? Sie kommt allein!

Sollt ich mich einzeln freuen,
Wenn auch der Frühling nah?
Doch kommen wir zu zweien,
Doch kommen wir zu zweien,
Gleich ist der Sommer da.

Mai

Leichte Silberwolken schweben
Durch die erst erwärmten Lüfte,
Mild, von Schimmer sanft umgeben,
Blickt die Sonne durch die Düfte;
Leise wallt und drängt die Welle
Sich am reichen Ufer hin,
Und wie reingewaschen helle,
Schwankend hin und her und hin,
Spiegelt sich das junge Grün.

Still ist Luft und Lüftchen stille;
Was bewegt mir das Gezweige?
Schwüle Liebe dieser Fülle,
Von den Bäumen durchs Gesträuche.
Nun der Blick auf einmal helle,
Sieh! der Bübchen Flatterschar,
Das bewegt und regt so schnelle,
Wie der Morgen sie gebar,
Flügelhaft sich Paar und Paar.

Fangen an, das Dach zu flechten –
Wer bedürfte dieser Hütte? –
Und wie Zimmrer, die gerechten,
Bank und Tischchen in der Mitte!
Und so bin ich noch verwundert,
Sonne sinkt, ich fühl es kaum;
Und nun führen aber hundert
Mir das Liebchen in den Raum,
Tag und Abend, welch ein Traum!

Den 6. Juni 1816

Du versuchst, o Sonne, vergebens,
Durch die düstren Wolken zu scheinen!
Der ganze Gewinn meines Lebens
Ist, ihren Verlust zu beweinen.

Heut und ewig

Unmöglich ist's, den Tag dem Tag zu zeigen,
Der nur Verworrnes im Verworrnen spiegelt,
Und jeder selbst sich fühlt als recht und eigen,
Statt sich zu zügeln, nur am andern zügelt;
Da ist's den Lippen besser, daß sie schweigen,
Indes der Geist sich fort und fort beflügelt.
Aus Gestern wird nicht Heute; doch Äonen,
Sie werden wechselnd sinken, werden thronen.

Parabase

—

Freudig war vor vielen Jahren
Eifrig so der Geist bestrebt,
Zu erforschen, zu erfahren,
Wie Natur im Schaffen lebt.
Und es ist das ewig Eine,
Das sich vielfach offenbart;
Klein das Große, groß das Kleine,
Alles nach der eignen Art.
Immer wechselnd, fest sich haltend,
Nah und fern und fern und nah;
So gestaltend, umgestaltend –
Zum Erstaunen bin ich da.

Grundbedingung

Sprichst du von Natur und Kunst,
Habe beide stets vor Augen:
Denn was will die Rede taugen
Ohne Gegenwart und Gunst!

Eh du von der Liebe sprichst,
Laß sie erst im Herzen leben,
Eines holden Angesichts
Phosphorglanz dir Feuer geben.

Wanderlied

Von dem Berge zu den Hügeln,
Niederab das Tal entlang,
Da erklingt es wie von Flügeln,
Da bewegt sich's wie Gesang;
Und dem unbedingten Triebe
Folget Freude, folget Rat;
Und dein Streben, sei's in Liebe,
Und dein Leben sei die Tat!

Denn die Bande sind zerrissen,
Das Vertrauen ist verletzt;
Kann ich sagen, kann ich wissen,
Welchem Zufall ausgesetzt
Ich nun scheiden, ich nun wandern,
Wie die Witwe, trauervoll,
Statt dem einen, mit dem andern
Fort und fort mich wenden soll!

Bleibe nicht am Boden heften,
Frisch gewagt und frisch hinaus!
Kopf und Arm mit heitern Kräften,
Überall sind sie zu Haus;
Wo wir uns der Sonne freuen,
Sind wir jede Sorge los;
Daß wir uns in ihr zerstreuen,
Darum ist die Welt so groß.

Eins und alles

Im Grenzenlosen sich zu finden,
Wird gern der Einzelne verschwinden,
Da löst sich aller Überdruß;
Statt heißem Wünschen, wildem Wollen,
Statt läst'gem Fordern, strengem Sollen
Sich aufzugeben ist Genuß.

Weltseele, komm, uns zu durchdringen!
Dann mit dem Weltgeist selbst zu ringen
Wird unsrer Kräfte Hochberuf.
Teilnehmend führen gute Geister,
Gelinde leitend, höchste Meister,
Zu dem, der alles schafft und schuf.

Und umzuschaffen das Geschaffne,
Damit sich's nicht zum Starren waffne,
Wirkt ewiges lebendiges Tun.
Und was nicht war, nun will es werden
Zu reinen Sonnen, farbigen Erden.
In keinem Falle darf es ruhn.

Es soll sich regen, schaffend handeln,
Erst sich gestalten, dann verwandeln;
Nur scheinbar steht's Momente still.
Das Ewige regt sich fort in allen:
Denn alles muß in Nichts zerfallen,
Wenn es im Sein beharren will.

In das Stammbuch Walthers von Goethe

Ihrer sechzig hat die Stunde,
Über tausend hat der Tag.
Söhnchen! werde dir die Kunde,
Was man alles leisten mag.

Beschildeter Arm

gegen ein vorüberziehendes Wetter Bücher beschützend

—

Manches Herrliche der Welt
Ist in Krieg und Streit zerronnen;
Wer beschützet und erhält,
Hat das schönste Los gewonnen.

—

Soll dich das Alter nicht verneinen,
So mußt du es gut mit andern meinen,
Mußt viele fördern, manchem nützen,
Das wird dich vor Vernichtung beschützen.

—

Alter Held schützt alte Bücher,
Doch das Wetter zieht vorüber;
Unsre holden, jungen Krieger
Schützen hübsche Mädchen lieber.

—

Im ernsten Beinhaus war's, wo ich beschaute,
Wie Schädel Schädeln angeordnet paßten;
Die alte Zeit gedacht ich, die ergraute.
Sie stehn in Reih geklemmt, die sonst sich haßten,
Und derbe Knochen, die sich tödlich schlugen,
Sie liegen kreuzweis, zahm allhier zu rasten.
Entrenkte Schulterblätter! was sie trugen,
Fragt niemand mehr, und zierlich tät'ge Glieder,
Die Hand, der Fuß, zerstreut aus Lebensfugen.
Ihr Müden also lagt vergebens nieder,
Nicht Ruh im Grabe ließ man euch, vertrieben
Seid ihr herauf zum lichten Tage wieder,
Und nieman kann die dürre Schale lieben,
Welch herrlich edlen Kern sie auch bewahrte.
Doch mir Adepten war die Schrift geschrieben,
Die heil'gen Sinn nicht jedem offenbarte,
Als ich inmitten solcher starren Menge
Unschätzbar herrlich ein Gebild gewahrte,
Daß in des Raumes Moderkält und Enge
Ich frei und wärmefühlend mich erquickte,
Als ob ein Lebensquell dem Tod entspränge.
Wie mich geheimnisvoll die Form entzückte!
Die gottgedachte Spur, die sich erhalten!
Ein Blick, der mich an jenes Meer entrückte,
Das flutend strömt gesteigerte Gestalten.
Geheim Gefäß! Orakelsprüche spendend,
Wie bin ich wert, dich in der Hand zu halten,
Dich höchsten Schatz aus Moder fromm entwendend

—

Und in die freie Luft, zu freiem Sinnen,
Zum Sonnenlicht andächtig hin mich wendend.
Was kann der Mensch im Leben mehr gewinnen,
Als daß sich Gott-Natur ihm offenbare?
Wie sie das Feste läßt zu Geist verrinnen,
Wie sie das Geisterzeugte fest bewahre.

Gartenhaus am untern Park

—

Übermütig sieht's nicht aus,
Hohes Dach und niedres Haus;
Allen, die daselbst verkehrt,
Ward ein guter Mut beschert.
Schlanker Bäume grüner Flor,
Selbstgepflanzter, wuchs empor.
Geistig ging zugleich alldort
Schaffen, Hegen, Wachsen fort.

—

Den Vereinigten Staaten

Amerika, du hast es besser
Als unser Kontinent, das alte,
Hast keine verfallene Schlösser
Und keine Basalte.
Dich stört nicht im Innern
Zu lebendiger Zeit
Unnützes Erinnern
Und vergeblicher Streit.
Benutzt die Gegenwart mit Glück!
Und wenn nun eure Kinder dichten,
Bewahre sie ein gut Geschick
Vor Ritter-, Räuber- und Gespenstergeschichten.

Gedichte sind gemalte Fensterscheiben!
Sieht man vom Markt in die Kirche hinein,
Da ist alles dunkel und düster;
Und so sieht's auch der Herr Philister:
Der mag denn wohl verdrießlich sein
Und lebenslang verdrießlich bleiben.

Goethes Wohnhaus in Weimar

Warum stehen sie davor?
Ist nicht Türe da und Tor?
Kämen sie getrost herein,
Würden wohl empfangen sein.

Dornburger Inschrift

Freudig trete herein und froh entferne dich wieder!
Ziehst du als Wandrer vorbei, segne die Pfade dir Gott!

Schmerzlich trat ich hinein, getrost entfern ich mich wieder;
Gönne dem Herren der Burg alles Erfreuliche Gott.

Dem aufgehenden Vollmonde

Willst du mich sogleich verlassen?
Warst im Augenblick so nah!
Dich umfinstern Wolkenmassen,
Und nun bist du gar nicht da.

Doch du fühlst, wie ich betrübt bin,
Blickt dein Rand herauf als Stern!
Zeugest mir, daß ich geliebt bin,
Sei das Liebchen noch so fern.

So hinan denn! hell und heller,
Reiner Bahn, in voller Pracht!
Schlägt mein Herz auch schmerzlich schneller,
Überselig ist die Nacht.

Dornburg

September 1828

—

Früh, wenn Tal, Gebirg und Garten
Nebelschleiern sich enthüllen,
Und dem sehnlichsten Erwarten
Blumenkelche bunt sich füllen;

Wenn der Äther, Wolken tragend,
Mit dem klaren Tage streitet,
Und ein Ostwind, sie verjagend,
Blaue Sonnenbahn bereitet;

Dankst du dann, am Blick dich weidend,
Reiner Brust der Großen, Holden,
Wird die Sonne, rötlich scheidend,
Rings den Horizont vergolden.

Vermächtnis

Kein Wesen kann zu Nichts zerfallen!
Das Ew'ge regt sich fort in allen,
Am Sein erhalte dich beglückt!
Das Sein ist ewig: denn Gesetze
Bewahren die lebend'gen Schätze,
Aus welchen sich das All geschmückt.

Das Wahre war schon längst gefunden,
Hat edle Geisterschaft verbunden;
Das alte Wahre, faß es an!
Verdank es, Erdensohn, dem Weisen,
Der ihr, die Sonne zu umkreisen,
Und dem Geschwister wies die Bahn.

Sofort nun wende dich nach innen,
Das Zentrum findest du dadrinnen,
Woran kein Edler zweifeln mag.
Wirst keine Regel da vermissen:
Denn das selbständige Gewissen
Ist Sonne deinem Sittentag.

Den Sinnen hast du dann zu trauen,
Kein Falsches lassen sie dich schauen,
Wenn dein Verstand dich wach erhält.
Mit frischem Blick bemerke freudig,
Und wandle sicher wie geschmeidig
Durch Auen reichbegabter Welt.

Genieße mäßig Füll und Segen,
Vernunft sei überall zugegen,
Wo Leben sich des Lebens freut.
Dann ist Vergangenheit beständig,
Das Künftige voraus lebendig,
Der Augenblick ist Ewigkeit.

Und war es endlich dir gelungen,
Und bist du vom Gefühl durchdrungen:
Was fruchtbar ist, allein ist wahr –
Du prüfst das allgemeine Walten,
Es wird nach seiner Weise schalten,
Geselle dich zur kleinsten Schar.

Und wie von alters her im stillen
Ein Liebewerk nach eignem Willen
Der Philosoph, der Dichter schuf,
So wirst du schönste Gunst erzielen:
Denn edlen Seelen vorzufühlen
Ist wünschenswertester Beruf.

Wer mit dem Leben spielt,
Kommt nie zurecht;
Wer sich nicht selbst befiehlt,
Bleibt immer ein Knecht.

Vom Vater hab ich die Statur,
Des Lebens ernstes Führen,
Von Mütterchen die Frohnatur
Und Lust zu fabulieren.
Urahnherr war der Schönsten hold,
Das spukt so hin und wieder,
Urahnfrau liebte Schmuck und Gold,
Das zuckt wohl durch die Glieder.
Sind nun die Elemente nicht
Aus dem Komplex zu trennen,
Was ist denn an dem ganzen Wicht
Original zu nennen?

Jüngling, merke dir in Zeiten,
Wo sich Geist und Sinn erhöht,
Daß die Muse zu begleiten,
Doch zu leiten *nicht versteht.*

Bürgerpflicht

Ein jeder kehre *vor seiner Tür,*
Und rein ist jedes Stadtquartier.
Ein jeder übe *sein' Lektion*,
So wird es gut im Rate stohn.

Textgrundlage für die Auswahl der Gedichte ist die Berliner Ausgabe der Poetischen Werke Goethes, Berlin und Weimar 1965ff.: Aufbau-Verlag. Die Gedichte wurden in der zeitlichen Folge ihrer Entstehung bzw. ihres Erstdrucks angeordnet.

Alphabetisches Verzeichnis der Gedichtüberschriften und -anfänge

—